결론은 산

몸쓰기 시리즈 03

결론은 산

장재용 지음

라라

"산山이라는 북과 트럼펫"

추천의 글

벼랑 끝에 서면, 밑으로 속세의 무상함이 잘 보인다. 장재용은 그 벼랑 끝에 나와 함께 여러 번 서 보았다. 곱상한 외모에 그를 선비로 착각하지 마라. 내 보기에 그는 배수의 진을 치고 전장을 노려보는 작은 거인이다. 한동안 산에 나타나지 않아 궁금하던 차에 어느 날 책의 원고를 보내왔다. 떠나기는커녕, 나보다 더 산에 파묻혀 있었다. 그의 산사랑과 역정이 책 곳곳에 박혀있다. 근래 보기 드문 산서가 나왔다.

— 주영 (등반가, 미 남가주산악회)

오래전 내 아들과 함께 에베레스트를 등정한 적이 있다. 비록 다른 산악회였지만 그때 함께 동고동락했던 재용이는 늘 수첩을 가지고 다니며 그 안에 빼곡히 뭔가를 쓰고 있었다. 이 책이 나오려 그리도 애썼던 모양이다. 그래서 이 책은 생생하다. 살아서 펄떡이는 '산' 책을 아주 오랜만에 읽었다. 에베레스트 베이스캠프에서 함께 밥 먹고 얘기를 나누는 동안 재용이 해맑은 미소가 아들처럼 여겨졌었다. 그 초롱초롱했던 눈빛을 번역한 것이 이 책, 결론은 산이다.

— 허영호 (등반가)

오래전, 직장을 다니고 있던 저자는 에베레스트를 가겠노라고 나에게 사장님께 드릴 추천서를 부탁했었다. 으레 하는 말로 간단한 추천서를 써 주었는데 그 길로 히말라야를 넘나들더니 책을 한 권 썼고 두 권, 세 권… 연이어 산을 고민하던 끝에 장재용 자신이 산이 되어 세상에 나온 것 같다. 그의 크지 않은 체구나, 추락 사고를 이겨낸 스토리가 마치 나의 일 같아서 동병상련을 느끼며 정신없이 읽었다.

— 엄홍길 (산악인)

산서山書 중에는 산악인들만의 고고한 리그에서 맴돌이 하는 책들도 있고, 도전과 극복이라는 컨셉의 자기계발서의 범주를 넘어서지 못하는 것들도 많다. 대학산악부 출신으로 에베레스트와 매킨리를 오른 저자는 , 대기업에 근무하면서 서재인書齋人으로 견실한 생활인의 자세를 견지하고 있다. 선삭에 이어 인문학적 성찰이 가득한 이 책은 세상 바깥의 산과 세상 안의 일상이 유기적으로 결합한 독특한 성취라고 본다.

— 김진덕(《루트파인더스》발행인)

산에서의 감동과 여러 복잡한 감정을 표현하고 싶었지만, 예술적 문학적 감각이 없는 나에겐 늘 아쉬움이었다. 장재용의 글은 그런 아쉬움을 채워준다. 산에 가며 있었던 일들을 담담히 써 내려간 그의 글은 '산밥' 먹는 사람에겐 특별할 리 없지만, 내 등반파트너도 나와 같은 생각을 하였구나 하고 안도하게 한다. 내 마음을 대신 써 주는 것 같다.

— 조벽래('한국의 알피니스트' 선정, 7대륙 최고봉 등정, 동아대산악회)

일상에서 느끼는 권태, 도무지 일에 의미와 성취감을 얻지 못할 때, 우리는 무엇을 꿈꾸는가? 그 꿈은 우리를 살아 숨 쉬게 만들어 준다. 저자는 지루한 일상을 일탈하여, 새로운 세계로 우리를 이끌어 준다. 남루한 회사룩을 벗어버리고, 위험이 도사리는 험지를 찾아 떠나는 저자는 우리가 흔히 볼 수 있는 아주 평범하고 친숙한 회사원이었다. 저자는 '산'이라는 매개체를 활용하여 한 인간이 어떻게 재창조될 수 있는가를 보여주는 서사敍事이다. 변화를 꿈꾸는 모든 이에게 이 책을 권한다.

— 하영목(중앙대학교 경영경제대학 교수)

I have met Jang the first time in the tropical mountains of Northern Vietnam in Huu Lung, while bolting new sport climbing routes. As soon as he arrived in the valley of Yen Thinh, his eyes sparkled with excitement and he gazed at the numerous limestone cliffs, already imagining itineraries and routes on the compact rock crossed by stalactites. His curiosity about the village's life, the surrounding environment and the climbing history of this secret place lost in the rice fields show his love for the mountains. This is this strong love he wants to share with you in his book, whether it's in Korea, Himalaya or Vietnam, about passion, sincerity and modesty facing these millenary stone giants.

암벽 루트를 개척하러 북베트남 후룽에 갔을 때 장재용을 처음 만났다. 엔 트엉 계곡에 도착한 그의 눈은 설렘으로 반짝였고, 거대한 석회암 절벽을 바라보며 뻗어 내린 종유석 사이로 바위 위에서의 세부 동작과 루트를 상상하고 있었다. 논밭에 둘러싸인 비밀스러운 이 오지에서의 등반 이야기와 역사를 물어오던 그의 호기심은 그가 산을 얼마만큼 사랑하는지 보여준다. 한국, 히말라야, 베트남 그곳이 어디든, 천 년의 거대한 벽을 마주하는 열정과 성실함, 겸손함이야말로 그가 이 책에서 니누고 싶은 강렬한 사랑일 것이다.

— Jean Valley (프랑스 등반가)

이런 책을 기다렸다. 우에무라 나오미, 하인리히 하러, 앨버트 머메리, 헤르만 불, 가스통 레뷔파. 외국 산악인들은 등반이 끝나면 글을 썼다. 산에서 느낀 생생함이 식기 전에 긴박했던 순간과 산에 대한 진심을 책으로 펴냈다. 상대적으로 우리나라 산악인은 이 과정이 빈약했다. 어렵게 나온 책도 문장이 얽히고설킨 데다 술자리에서 나눌법한 뒷담화만 담겨, 지나치게 가벼운 것도 있었다. 산에 대한 진심과 깊이를 동시에 담은, 한국 산서山書로는 보기 드문 수작秀作이다. 무엇보다 재미있다. 문무를 겸비한 에베레스트를 등정한 젊은 산악인의 박진감 넘치는 글은 그의 아킬레스건만큼 흡입력이 강하다. 첫 문장을 읽는 순간 시퍼런 청빙에 아이스바일을 박는 등반가가 되고, 8,000m 고산을 헉헉거리며 오르는 산악인이 된다. 그 안에서 폭설처럼 쏟아지는 격조 높은 즐거움. 허허실실 가벼움과 무거움을 오가는 젊은 고수의 문장에 홀릴 시간이다.

— 신준범 (기자, 월간산취재팀장)

프롤로그

가끔, 주간보고 하러 태어났나, 하는 생각이 들 때가 있다. 사무실에 떠도는 반듯하게 닦인 말들에 지치고 생활이라는 징글징글한 단어와 섞여 반복되는 일상을 보내다 보면 내 삶도 세월에 닦여가는 듯하다. 시시하다. 내 젊음이 한 평 사무실 모니터 앞이라는 사실은 구멍 난 양말같이 볼품없고 남루하다. 지금 가고 있는 길에 대한 구토와 새로운 길에 대한 선망이 어지럽게 자신을 괴롭힐 때, 자주 산으로 달라뺐었다. (예의 된소리와 방언은 표준어보다 상황 묘사가 적확한 경우가 더러 있다) 권태를 견디지 못해 끔찍한 예능을 틀어버리기 전에 회사룩을 벗어던진다.

등산룩으로 갈아입는다. 손 닿는 것들을 무심하게 주섬주섬 꾸려

불룩해진 배낭을 들쳐 멘다. 한 주간 겹치고 쌓인 억울의 상태가 산에서 놓여난다. 청량한 바람 한 줄기가 내 몸을 훑고 지나간다. 깊은 밤 홀로 텐트 없이 산에 누워 침낭 안으로 재즈를 추듯 몸을 비틀며 들어가면, 놀라워라, 별과 나 사이에 아무것도 없다. 참은 웃음이 입술 위를 기어가다 간신히 사라진다. 산은 왜 이제야 왔냐고 말하고, 나는 이내 입꼬리를 바로 한다. 웃음기가 사라진 눈엔, 전전하며 지낸 삶이 가로등 도열하듯 지나가더니, 청승맞게 도르르….

산은 삶의 산문성을 달래주는 한 조각 운문성이다. 긴 글을 단락 끊어가며 읽지만, 생략과 도약이 있고 가파르게 지르다가도 휘휘 돌아가는 시성詩性에 목마른 것처럼 이 땅의 사람들은 닭장 같은 아파트에 살아도 마음속으로 깊이 들어가면 산 냄새가 난다. 집에 창을 열면 늘 산이 보이고, 출근길 전철에 몸을 실어도 산이 보인다. 깨끗한 무균의 삶을 살고 있지만, 지하철 너머로 보이는 북한산을 볼 땐, 거대한 짐승의 등짝 같은 저 흰 화강암 위를 걷는 상상을 한다. 지금 저곳에선 신선이 모여 앉아 술 시합하고 있을 것만 같다. 약간의 피곤함이 늘 동지처럼 어깨에 얹혀 있어도 몸은 언제나 중력을 거스르는 오름으로 목마르다. 길 아닌 길을 가고 싶은 것이다.

산은 내 마음속 저 깊은 곳에서 울려오는 북과 트럼펫이었다. 일상에 스러지고 너저분해진 나를 산은 다시 일으켰다. 내 심장의 박동은 산의 리듬으로 뛰었는데 나는 그 북소리의 진원을 알고 싶었다.

산은 나의 영웅이어서 신 같은 영웅을 알현하려 무던히도 달려들었던 것이다. 왼쪽 발목이 부서지고 어깨 인대가 으스러져도 내 마음 안에서 요동치는 진군의 나팔을 거스르지 않았다.

마침내 산이 내게 보여준 보물 같은 이야기를 이곳에 풀어낸다. 그 내밀한 이야기와 함께, 처음 뒷산에 오르는 마음, 암벽의 첫 홀드를 잡는 순간부터 시작하며 평지돌출, 좌충우돌의 곡절을 함께 발맞추며 오르고 싶다. 길이 가파를 땐 잠시 쉬며 역사적 등반가들을 우리 옆에 불러 앉히고, 그들이 오른 푸릇푸릇한 산들과 붉은 열정의 바위를 조곤조곤 얘기하면서. 정상에서 시원한 바람이 불어오면 천연하게 앉아 세상을 조망하며 말한다. 그대의 배낭, 바지, 등산 장비에 새겨진 산악인들의 서사와 종주등반, 원정등반, 개척등반이라는 다소 전문적인 세계까지 얘기하니 쌀쌀한 날씨에 조금 추워진다. 수다를 그치고 내려가자.

이제 내려가면, 산은 올라올 때보다 저만큼 가까이 와 있을 테다. 산은 알록달록한 신세계다. 산은 색깔이다. 우리 삶이 무채색이라면, 산은 언제나 사건과 몰락이 기다리는 푸르고, 붉은 속살을 보여주며 형형색색의 삶이 무엇인지 말한다. 울퉁불퉁한 산길을 가더라도 산과 우리 사이에 안테나가 있다면 산이 보내는 전파를 직선으로 감지할 수 있다. 몸으로 올라 땀 흘린 뒤, 산과의 아름다운 교감을 느낀다. 산이 주는 강렬한 전압, 그 느낌에 머물러 보라. 그리고 다시 오르고 싶은 달뜬 마음에 신열을 앓을 수도 있다. 그때가 산으로 미끄러져 들어갈 때다.

이제 단지 뒷산을 오르더라도 히말라야 거벽을 넘나들던 인류의 산쟁이들이 그대의 백그라운드가 되어 보우할 터이니, 드디어 우리는 세상에 겁먹지 않게 될 테다. 산이 보여준 것은 '쫄지 않는 삶'이다. 하고 싶은 것을 하며 살아도 죽지 않는다고 말하는 절대 긍정의 내 편이 거대한 산의 모습을 하고 내 앞에 떡, 하고 나타난다. 놀라지 말자.

지상에서 가장 많은 사람으로 구성된 대가족이 알피니스트다. 그들 중 하나라도 사라지면 모든 알피니스트는 온몸으로 눈물 흘린다. 지금 등산화를 고쳐 매고 허벅지에 힘을 주고 걸으면, 알프스 대빙하를 누비던 앨버트 머메리가 우리의 할아버지가 되고 돌로미테에서 돌을 떨어뜨려 등반선으로 삼았던 디렉티시마의 원류 에밀리오 코미치 디마이는 우리의 형제가 된다. 14좌를 무산소로 오른 최초의 인류 라인홀트 메스너를 큰형처럼 텐트에서 안주거리로 삼고, 정상을 코앞에 두고 일부러 돌아선 보이테크 쿠르티카를 철학적으로 사숙할 수 있다. 이 모두가 오늘 산 오르는 형제들을 양팔 크게 벌리고 보우하리니, 동네 건달 열 명이 에워싸더라도 이길 수 있는 자신감이 그대를 감쌀 테다.

환영한다, 그댄 이제 산쟁이, 몸으로 하는 가장 순도 높은 절정, 이제 화강암에 뺨을 비벼보자.

목차

길이면 가지 마라.

- 앨버트 프레드릭 머메리 Albert Frederick Mummery -

1장

푸른 등산

자넨 합격이네

등산대학교 등반과를 졸업하다시피 한 경영학 전공의 대학생은 중간치 정도의 어설픈 학점과 내세울 것 없는 스펙으로 취업의 문을 두드리고 있었다. "만날 보따리 등짐 짊어 미고 산으로 들로 천지 모르고 돌아댕기다가 킬 날 끼라, 간띠가 부아가 가마 섰는 백을 백지 으데까정 기오리고.▲" 혀를 차며 하신 할머니 말씀이 그땐 곧이곧대로 들리지 않았는데 쥐구멍보다 좁다는 취업 문 앞에 서니, 말씀은 환청이 되고 돌비 서라운드가 되어 귀청을 무한 반복하며 울린다.

▲ 　이런 뜻이다. 만날 보따리 등짐 짊어 메고 산으로 들로 천지 모르고 돌아다니다가 큰일난다. 간덩이가 부어서 가만히 홀로 서 있는 기암절벽을 쓸데없이 높은 데까지 올라가고.

후회라는 건 내면의 강인한 자신감으로 충분히 무너뜨릴 수 있는 것, 한심한 정신 승리에도 이력서에 적을 건, 없다. 봉사활동도 공모전 입상도 그 흔한 컴퓨터 자격증도 없다. 아 운전면허증이 있었다. 자그마치 1종이다. 후, 스스로 한 대 쥐어박고 싶은 한숨 유발자라 욕먹어도 할 말은 없어서 북미 로키산맥, 일본 북알프스, 백두대간, 낙동정맥 종주, 설악산, 지리산, 한라산 등 철없이 돌아다닌 천둥벌거숭이 짓들만 이력서에 가득 써넣는다.

면접이라도 보게 해 준 회사들에 고마워해야 할 마당에 무슨 개똥 자신감인지 어깨는 거만하고 고개는 뻣뻣해졌다. 그도 그럴 것이 열두어 곳에서 불합격의 고배를 마신 뒤 성적과 스펙만이 전부가 아니라는 걸 알게 됐고, 면접이라는 자리의 핵심을 재빨리 캐치해 이미 굴지의 대기업 세 군데에서 합격 통보를 받았기 때문이다. 학벌이 좋은 것도, 성적이 우수하지도, 특별한 스펙도 없었다. 말은 느려 터져서 말주변이 없기는커녕 말 반경 5킬로미터가 허허벌판이고 매력적인 신체 자본도 없는 흙수저의 반전이 스스로도 신기했다.

한번은 면접관이 이렇게 물었다. 그분은 머리가 희끗희끗하고 근엄했으며 국내 L 대기업 주력 계열사의 사장이었다. "자네, 지리산을 열한 번 다녀왔다고 했나?" 피면접자 다섯 명이 함께 들어간 면접 자리에서 30여 분간을 나와 독대하듯 신나게 산 얘기를 나눴다. 7명의 대원을 이끌고 35일간 낙동정맥▲을 종주했던 경험을 말할 땐 나머지 면접관들의 귀도 솔깃했다. 주위 임원들의 환기와 시간상 만류에도 그분은 근엄함을 벗어던지고 나와 산 얘기 삼매경에 빠졌다. "칠선계곡에서 그랬단 말이지? 허허", 뻔한 길을 두고 잘못 든 길에 사경을 헤맨 얘기를 나누던 차에 "다음 얘기는 곧 다시 만나 또 듣기로 하세."

삶은 행운과 반전으로 가득하다. 산에 가는 일이 쓸데없는 딴짓이라 말하는 이들도 더러 있지만, 산에서의 곡절은 어쭙잖은 세상의 경험보단 삶에 유용할 때가 많다. 그렇다고 이 글이 산에 관한 글이라 해서 산을 마냥 미화할 생각은 없다. 그저 있는 산을 인간이 아름답다 한들 '악' 소리 나는 돌산이 아름다움으로 돌변하는 것도 아니니 산에 가자고 추동하거나 산에 가면 인생이 바뀐다고 선동할 생각은 더더구나 없다.

나 또한 마냥 잘 풀린 건 아니다. 오라는 그 큰 L 기업을 마다하

▲ 강원도 태백에서 부산 몰운대까지 끊어지지 않는 능선으로 뻗어 있는 300여 킬로미터의 백두대간 지맥. 지질상의 구분으로는 태백산맥이라 불린다. 조선조 후기 지리학자 여암 신경준에 의해 쓰여졌다고 알려진 《산경표》에 의하면 한반도는 산자분수령에 의해 백두대간을 근간으로 1대간, 1정간, 13정맥으로 구분된다.

고 젊은 객기에 미래, 전망 운운하며 다른 회사로 들어가 조직의 쓴맛과 산업의 부침을 정통으로 맞았고 빙벽에서 떨어져 다리가 부러지는 난리를 겪어 산이라면 꼴도 보기 싫을 때도 많았다. 다만, 그럴 때 산은 사람들이 하는 어설픈 위로와 교감보다는 확실한 시련으로 다시 일어서게 하는 것 같다고 어렴풋이 알게 됐다.

그때 스물대여섯 살이 한참 지났어도 나는 여전히 아이였는데 세상이 다 큰 성인 취급을 하니 성인식의 통과 제의 없이도 어른 행세를 하고 다녔다. 자만이 넘칠 때마다 산은 어김없이 나를 쓰러뜨리며 자기를 넘어보라 일렀으니 달콤한 위로와 교감으로 위무하는 세상의 방식과는 엄연히 달랐다. 나약하고 잔다란 감정에 녹아드는 대신 산은 내게 벼랑으로 떠밀어 머리가 터져 죽든, 훨훨 날아가든, 스스로 뛰어내릴 수 있는 간땡이를 시험하며 삶에 대한 의젓함을 가늠했는지 모른다. 삶에서 하강을 겪고 빙벽에서 추락하며 난데없이 산이 주는 성인식을 치렀는데, 그렇게 델포이 신전의 여신처럼 산이 내게 준 성인식의 점괘, '하고 싶은 일 하며 살아도 죽지 않는다.'를 나는 받아들였으니, 이후의 삶은 평탄할 리 없었다.

1   산쟁이의 탄생

배낭은 돌덩이

이삿짐 나르듯 쿵쾅거리는 소리가 몇 차례 지나갔다. 탄식 같은 깊은 한숨이 서너 번이 이어졌고 마침내 배낭이 꾸려졌다. 100리터 배낭을 헤드까지 높이고 불룩해진 배낭 몸통은 신만이 알수 있는 것들로 차 있었다. 석유 버너, 10인용 코펠, 무쇠 프라이팬(산에서 멧돼지를 만나면 후려치려는 용도일까), 텐트에옷가지와 생쌀까지, 이 사람들이 혹 나를 산으로 데려가 하늘에번제하려는 걸까, 의심을 지울 수 없다. 많은 짐들이 들어간 나머지 배낭의 겉면은 당겨지고 구겨졌다. 올록볼록해진 배낭은형태가 무너지며 주름이 졌는데 흡사 윙크하는 모양이 되어 나를 보며 조롱하는 것 같다.

들어간 짐을 다 빼고 다시 넣기를 두어 번, 패킹을 마친 뒤 아무도 모르게 털썩 주저앉는다. 집을 제 몸에 이고 다니는 달팽이를 위해 위령제라도 지낼 판이다. "에게 34킬로그램? 가벼운데, 돌을 좀 더 넣어야 하나?" 대학교 2학년 선배님이 지나가듯 말했다. 주피터Jupiter의 번갯불을 맞은 것처럼 정신이 번쩍 들었지만 주저앉아 일어서지 못하고 모가지를 모로 세우고 눈만 휘둥그레졌다. 저 산만한 배낭을 메고 과연 열 걸음이라도 갈 수 있을 것인가, 아니다 나는 살 수 있을 것인가. 내 배낭에 짐을 꾸역꾸역 집어넣던 저 잔인한 인간들의 의도는 나를 살리려는 걸까, 죽이려는 걸까. 왜 나는 죽음의 위협을 느낀 그때 동아리 문을 박차고 나가지 못했던가, 예나 지금이나 소심함이 문제다.

매정하게 배낭 메는 것도 도와주지 않아 혼자 파다닥대며 배낭을 멘다. 내 어깨에 올린 난생처음의 무게를 짊어지자 아무도 나를 때리지 않았는데 뭔가에 얻어맞은 기분이다. 1분이 채 지나지 않아 팔에 피가 통하지 않았고 팔이 없어진 것 같아 당황했지만, 다시 1분 뒤 쥐가 난 것처럼 양팔이 반짝반짝거려 팔이 여전히 내 몸에 달려 있음을 알았다. 대장이라는 작자는 말 한마디도 하지 않고 이 상황을 처음부터 끝까지 조용히 그러나 매섭게 지켜본 뒤 사위가 조용해지자 낮고 굵게 한 마디를 내뱉는다. "출발."

3월 중순의 캠퍼스는 이제 막 땅을 뚫고 오른 연두의 발랄함으로 넘쳐흘렀다. 벌써부터 짝을 만난 스무 살들의 푸릇함은 매캐한 페퍼포그 최루 가스까지 삼키며 세상을 명랑으로 수놓는 듯했다. 일이 그렇게 되려는지, 내 첫 산행 날 아침에 때마침 학과 동기 커플이 큰 배낭을 멘 나를 멀리서 보고 채신머리없이 뛰어온다. 제발 그냥 지나가라고 혼자 중얼거렸다. 어제까지 술자리에서 잔을 부딪치며 세상 정의를 혼자 짊어진 것처럼 떠들던 놈이 난데없이 지저분한 똥자루 같은 배낭을 메었으니 무슨 일인가 싶었을 테다. 키도 크지 않은 데다 자기 키만 한 배낭을 메고 있어 허리를 비스듬히 숙여야 했고 모가지는 부산 앞바다까지 쭈욱 뺀 채로 땅을 볼 수밖에 없었다. 볼썽사나운 등산 작대기까지 짚었으니 제발 살려주십사 엎드린 영락없는 하인배 행색이다.

배낭을 내릴 수도, 걸음을 멈출 수도 없었는데 친구들은 내 옆으로 바짝 다가와 아는 체를 한다. 입을 아 벌리곤 그걸 메고 대체 어딜 가냐며 물었고, 내가 해명하기도 전에 자기들끼리 말을 주고받고는 꽁냥거리며 사라졌다. 대파 한 단 사 들고 팔짱 끼고 가는 희망찬 연인처럼 신이 났다. 커플은 저 멀리서 한 번 더 뒤돌아보며 힐끔거리며 웃었다.

그 광경을 본 2학년 선배님이 웃었고 나는 입꼬리만 올려 웃지 않는 웃음을 마지못해 웃었다. 그 한 쌍의 바퀴벌레들이 지나갈 때 꼴좋다는 듯 승리의 미소를 짓는 걸 보았다. 나는 왜 지금 이러고 있는 걸까. 이번 산행을 마치면 산을 내 인생에서 깔끔하게 지우리. 그보다 더한 배낭을 지고 한 달도 좋고 두 달도 좋아라, 하며 이 땅의 마루금 누비며 산에 빠져드는 인간들은 대체누군가. 그때까지만 해도, 나도 내가 불안한 밤이 올 때마다 배낭을 둘러멜 줄은 몰랐다.

신고식은 혹독했다. 첫날부터 천 미터가 넘는 산에 올랐으니, 굼벵이도 그런 굼벵이가 없었다. 땅이 내 발목을 잡아당기는 것 같았고 터지는 허벅지에, 부풀어 오르는 장딴지가 금방이라도 사달이 난다 싶었는데 간간이 쉴 때 보면 또 멀쩡했다. 곡할 노릇이다. 산행 전 시골 버스에 배낭을 실을 때 측은하게 위아래로 보시던 할머니들 소매를 붙잡고 나 좀 살려주시라, 해야 했었나. 어서 몸에 문제라도 생겨 119 아저씨들을 소환하는 게 내살길이지만 몸이 이렇게 멀쩡할 수가 있는가. 대장이라는 작자는 또 어떻게 알았는지 '어, 어, 나 이제는 숨넘어간다.' 할 때마다 얄밉게 딱딱 타이밍을 맞춰 짧게 말한다. "휴식." 환장할 노릇이다.

이 미친 등산을 내 다시 하면 성을 간다며 이를 갈고 중얼거릴 때, 능선에 올랐다. 천지 시방세계가 '확' 하고 갑자기 트였다. 감동, 같은 건 없었다. 그렇다고 무거운 배낭이 가벼워지지도 않았고 더 얼마나 걸어야 할지도 몰랐다. 대장을 포함한 저 선배라는 작자들은 오늘 만나 단 하루를 봤을 뿐인데 마치 전 생애를 마쳐 나를 찾아온 빚쟁이들같이 익숙하고도 무서웠다. 그들이 능선에서 '고개 들어 저 멋진 풍광을 보라'고 말할 때, 이 와중에 어떻게 저런 너스레가 나오나 싶어 사람이 아니라고 중얼거렸다.

그날 밤은 어떻게 지나갔는지 모른다. 다만, 눅눅함이 오래 벤 것 같은 고소한 텐트 냄새와, 등산화에 술을 따라 마시는 엽기적인 이들의 행태를 놀라워하며 주는 대로 받아먹은 술과, 잠들기 전 홀로 텐트 지퍼를 열고 밖에 나와 불어오는 곡산풍에 붉은 오줌이 가로로 날아가는 장면과, 그 와중에 봤던 밤하늘 빽빽했던 별, 별, 별.

다음 날, 새벽같이 일어나 갈 준비를 끝내고 덩그러니 서 있는 내 배낭이 꼭 내 처지 같아 처연했다. 엄마가 보고 싶었다. 하산하면서도 두어 봉우리를 또 넘었고, 그냥 내려보내 줄 일 없는 이들의 저의를 진작에 알아서인지 죽어야 끝나나 싶어 이젠 새롭지도 않았다. 대장이라는 사람이 대를 멈춰 세우더니 산을 사랑하는 만큼 큰 돌을 가져와 보라 했다. 사랑이라, 어떻게 그런 말이 나오나 싶었다. 그나마 있던 쇠랑의 마음도 사라졌으므로 손톱만 한 돌을 주워 눈앞에 자, 하고 보여주고 싶었지만 다들 크고 멋진 돌을 킥킥거리며 들고 오길래 나도 신발만 한 돌을 주웠다. 순간, 아차 싶었다. 아니나 다를까 주워 온 돌을 소중하게 배낭에 넣으라는 대장의 말에 2학년 선배들이 웃으며 넣는 것이 아닌가. 이거, 이거, 드디어 모두 미쳤나보다, 이놈들은 보통내기들이 아니다 싶었다.

광인집단이라고 신고라도 해야 할 판인데 배낭에 돌을 넣고 산가山歌라는 도무지 해괴망측한 노래를 부르며 하산이 시작되었다. 정신을 차리고 보니 나도 어느새 그 안에서 얼떨결에 따라 부르며 노래를 익히고 내려오고 있었다. 화들짝 놀라 정신의 뺨을 때리며 어렵게 깨어났다. 희한한 인간들을 경험해서 특별했고, 체력 단련에 일조한 덕에 육체적으로 한층 성숙됐고, 좀처럼 겪기 힘든 숨넘어가는 경험을 하게 해준 것에 고마움을 전하며, 이젠 다신 보지 맙시다, 내 나름의 탈퇴의 변을 장황하게 머리로 쓰고 있었다.

높은 산 깊은 인생

한번 등산했다고 산악인이 되는 건 아니다. 하지만 달팽이가 지나간 자리는 언제나 궤적이 남는다. 달팽이가 되어 산을 한번 온몸으로 걷고 난 뒤 배낭 무게에 눌린 어깨에는 붉은 두 줄이 달팽이 궤적처럼 선명했다. 두 발엔 배낭을 버틴 새 등산화 물이 퍼렇게 들어 있었다. 눈을 감으니, 그들이 저지른 잔인함은 당최 생각나질 않고, 분명 그땐 들리지 않았던 능선의 바람 소리가 들렸고 어둠 속에 빛나던 별들이 꿈처럼 지나갔다. 그들과 부대낀 텐트 안의 야만은, 시간을 만유인력으로 당겨 모닥불가에 모여 앉아 모음으로만 말하던 원시 공산사회의 즐거운 한때로 덧칠돼 있었다.

눈을 떠 붉은 어깨와 시퍼런 발을 다시 보니, 산이 나를 승인하며 옜다, 쾅 하고 찍은 도장처럼 보였다. 불현듯, 갑자기, 뜬금없이 나는 내가 자랑스러워졌다. 캠퍼스에 넘쳐나는 쌍쌍의 바퀴벌레들이 더는 부럽지 않았다. 꿈에 볼까 두려웠던 대장님은 카리스마 넘치는 지사적 풍모의 의젓한 인간으로 뒤바뀌고, 해괴한 노래를 가르치며 나를 산쟁이로 가스라이팅 하던 선배님들은 든든한 인류처럼 내 등 뒤에 버티고 선 느낌이었다. 둥, 둥둥, 둥, 둥둥둥, 내 가슴 저 깊은 곳에서 북소리가 울리기 시작했고 빠라빠라 빠빠빠, 트럼펫 반주에 맞춰 내 가슴도 뛰었다. 탈퇴는 잠시 접어두기로 했다.

그게 화근이었다. 젊은 객기에 방아쇠를 당긴 겉멋과 경거망동은 사태를 객관적으로 보는 시선을 흐리게 했다. 잠시의 탈퇴 유보와 산에 대한 심미적 '가오'가 자발적 가스라이팅이었다고 깨달았을 땐 이미 산쟁이로서 저 깊은 심연의 크레바스에 빠져 내가 대장 노릇을 하고 있을 때였다. 벗어나기엔, 틀렸던 것이다. 나는 어느새 그때 그 잔인했던 대장이 되어 겨울 설악산 장기 등반 21일 차에 산만한 배낭을 메고 죽음의 계곡을 헉헉대며 오르는 1학년 신입생▲에게 조용히 지껄였다. "내가 왜 이 짓을 또 하는지 나도 모른다. 너도 모를 거야. 암, 몰라야지."

산은, 올려다보면 높이지만, 들여다보면 깊이다. 그 깊이는 사람이 만들어 내는 것이어서 살면서 깊은 사람들을 내 안에 들여올 수 있는 행운이다. 산에 들어서면서 얻어진 사람들로 인해 내 삶의 뒷배는 여전히 든든하다. 처음 산악회 문을 노크했을 때 나를 노려보던 선배님들의 매정함을 그땐 이해할 수 없었지만, 저 인간의 진의를 읽어내고 말리라던 눈빛으로 나를 훑어 내리던 시선, 그 냉정했던 시선은 '우리 사람일까' 하는 따뜻한 눈길의 위악적 외면外面이었음을 이젠 안다. 그 냉혈한 같았던 사람들과 부대낀 산, 산에서 그들은 자기 목숨을 내놓고 서로를 살리려 했고 동상으로 발가락이 잘리면서까지 신의와 우애를 지키려 했던 어리석은 사람들이었다. 이 위대한 어리석음에 나는 빠져 들었다.

▲   이때의 1학년 신입생은 훗날, 이 이야기로부터 10년 뒤, 내 정상 사진을 찍어 주겠다는 일념으로 에베레스트 정상, 8,848미터에서 자그마치 1시간 동안 나를 기다렸다. 그건 자살행위였다. 다행히 절단 직전의 동상에 그치며 죽음은 모면했지만, 오래전 그때 '나는 모른다'고 발뺌해선 안 되는 거였다.

변변찮은 말주변을 헤치고 들어가야 정수가 발견되는 말들, 말 몇 마디를 쌓아 마음을 진동시키는 그들의 문법을 이해했을 때, 산은 새롭게 보이고 알고 보니 산에 살고, 산에 죽는 사람들이 나를 살리고 있었다. 내 젊음은 내 등에 착 달라붙은 배낭이 되었다.

산가

해괴망측한 그 노래는 이렇게 시작한다.

♬♪♬♩ 우리는 잘 웃지도, 속삭이지도 않지만
자일에 맺은 정은 레몬의 향기에 비기리오
♬♪♬♩ 깎아지른 수직의 암벽도 무서운 눈보라도
우리의 앞길을 가로막지 못한다오
♬♪♬♩ 금정산 꽃 필 적에 암벽을 기어오르고
설악산 눈 내릴 때 빙폭을 수놓는다
♬♪♬♩ 향긋한 화강암 내음과 부드러운 그 감촉은
우리의 마음과 다를 바 있으리오
♬♪♬♩ 상가에 휘황한 불빛도 아가씨들의 웃음도 좋지만
산 사나이는 이 조그만 정으로 살아간다오

이른바 '자일의 정'(이명규 작사/곡)이라는 노래였다. '산 아가씨'라는 노래를 하나 더 배우고 넘어가자.

♬♪♬♩ 울적한 마음 달래려고 산길로 접어 섰다가
나는 정말 반했다오 정말 멋있는 산 아가씨

♬ ♪ ♬ ♩ 구두도 못 신고요 의복은 낡았어도 (세수도 안 하고요)

맑고 밝은 그 눈동자 정말 멋있는 산 아가씨

♬ ♪ ♬ ♩ 사랑도 모른답니다 이별도 모른답니다

아는 것은 오직 하나 저기 저 산뿐이라오

히말라야도 시작은 뒷산

예지몽

그날은 여자 친구와 다투고 난 다음 날이었다. 추운 겨울이었고 대학을 채 졸업하기도 전에 들어간 선망했던 회사에서 아직 신입사원 티를 벗지 못한 입사 6개월째 되던 날이었다. 여전히 시근은 들지 않았고▲ 철도 없었지만 일어나보니 어른이 된, 그저 명랑한 나날의 일요일 아침이었다. 배낭에 커다란 돌덩이를 넣고 다니더니 하늘도 어이가 없었는지 마지못해 피식 웃는 듯, 히말라야 8천 미터급 산(가셔브룸 I 8,068미터, 가셔브룸 II 8,035미터)을 향해 꾸려진 원정대의 일원으로 당당하게 선발됐고 대망의 첫 빙벽훈련에 따라나섰다.

살을 에는 추운 날이었다. 이십 대 중반, 인생은 쉬웠고 세상은 내가 원하는 데로 흘러가고 있었다. 공교롭게도 전날 밤, 커다란 빙벽의 중턱에서 추락하는 꿈을 꿨었다. 푸른 빙벽에서 떨어지며 양팔과 두 발을 휘저었고 땅에 떨어지는 찰나에 덮었던 이불을 움켜쥐며 뒤척였다. 아침에 일어나 잠시 빛처럼 간밤 꿈이 번쩍하고 지나갔지만, 여자 친구와 다툰 이유처럼 대수롭지 않았다.

푸르게 얼어붙은 청빙에 다다랐다. 연일 계속된 유례없이 추운 날씨로 빙벽은 단단하게 얼어 푸른빛을 발산하고 있었다. 치잉, 툭, 착, 장비가 부딪치는 금속의 날카로운 소리가 나기 시작하면 농담은 사라지고 침묵 속에 긴장감은 고조된다. 등반 채비를 끝냈고 원정대장님은 내게 선등▲▲을 지시했다.

4미터 정도를 올랐다. 오랜만의 등반 때문인지, 어젯밤 꿈 때문인지, 빙벽을 오르는 내 몸이 굳어 있고 알 수 없는 어색함이 느껴졌다. 급하게 스크류▲▲▲ 하나를 빙벽에 박아 넣었다.

▲   세상물정에 어둡고.

▲▲   줄을 몸에 매달고 제일 처음으로 오르는 사람.

▲▲▲   빙벽 등반 시 선등자의 자기 확보물로 사용되는 장비. 스크류 날을 가진 20센티미터 정도의 강철 알루미늄 막대로, 빙벽에 돌려 넣으며 깊이 박아 넣은 다음 줄을 걸어 확보한다.

아이젠♠과 바일♠♠이 얼음에 제대로 먹혔음에도 연신 발길질과 스윙을 해댔다. 세상에서의 나는 스스로 믿었지만, 그날 빙벽 위에선 나를 믿지 못했다. 떨어져 가는 전완근의 힘과 악력으로 등반 메커니즘은 이미 무너져 있있다. 두어 빈의 스텝을 이어가다 느닷없이 어제 꿈과 약속한 것처럼 나는 추락, 자유낙하 했다.

시간이 꽤 지난 듯한데 나는 아직 떨어지고 있었다. 세상은 고요했다. 지상으로부터 7미터 지점을 오를 때 나는 땅으로 추락했다. 주위는 분주하고 소란했지만, 아무런 소리도 들을 수 없었다. 그 와중에 저 멀리 희미하게 내 왼발 아킬레스건 주위로 뼈들이 뒤틀리며 튀어나온 걸 봤다. 꿈이 아니었다. 순간, 기억도 사라지고 푸르던 세상도 암전됐다.

깨어보니 나는 왼쪽 발목 절단 동의서에 붉은 지장을 꾹 누르고 있었고 어제 싸웠던 여자 친구가 언제 왔는지 내 손을 잡고 있었다. 수술대 위에서, 길고 굵은 주삿바늘이 척추 중간을 찌른 뒤엔 망치로 무엇을 바수는지 발목 근처를 연신 두드려 댔고 그럴 때면 속수무책으로 내 몸도 따라 흔들렸다. 드릴 소리가 끊이지 않았고 미세하게 돌아가는 고성능 절단기는 내 뼈의 마디마디를 잘랐다. 누군가 수술 모습을 촬영하는 것 같았고 끊어내고 찢어내는 중에 그들은 돌아가며 자장면을 먹었다. 6시간 긴 수술이 마무리되고 나는 반병신이 되어 병동으로 내팽개쳐졌다.

조금 전까지 멀쩡했던 다리가 무릎 위까지 붕대로 칭칭 감겼다. 의사는 수술이 잘 됐다 했다. 아킬레스건을 포함한 복숭아뼈와 주위 뼈들이 찌그러지고 뭉개져 27 조각났다▲▲▲고 했다. 아직 젊은 사람이라 앞날을 생각해 최대한 애를 썼다, 붙일 건 붙였고 버릴 건 버렸는데 걸을 수 있을지는 시간이 지나 봐야 알 수 있다고 차갑게 했다. 발목 전체를 절단할 수 있었던 수술이었지만 그렇게 되지 않아 다행이라 했다. 119 구급차에 동승했던 선배님이 말하길 내가 너무 고통스러워 정신 나간 사람처럼 당신에게 내 왼쪽 발목을 잘라달라고 애원했다고 담담하게 전했다.

발목이 산산조각난 뒤로 산도, 꿈도 모두 끊어지고 잘렸다. 모든 것이 무너졌다. 사람들의 혀 차는 소리가 서라운드로 들렸다. 어제의 푸름은 회색이 되고 검은색이 되어 마침내 점으로 쪼그라들었다. 퇴원할 때 의사는 깁스에 볼펜을 두드려 가며 '다시 등산하는 순간, 당신의 왼쪽 다리는 영원히 회복하지 못한다.'고 위압적으로 말했다.

▲ 　빙벽 등반용 신발에 부착하는 아이스 스파이크.

▲▲ 　빙벽을 찍으며 오르도록 고안된 손도끼.

▲▲▲ 　해부학적으로는 종아리뼈 거골 하단과 발목의 주상골. 아킬레스건 주위의 종골과 복숭아뼈 설상골이 추락 당시의 충격과 압력에 의해 캔처럼 찌그러지고 바스러지며 산산조각 났다.

다행히 한 달여 긴 병상 생활에도 회사에서 잘리진 않았다. 그러나 잘리는 굴욕이 더 나을 뻔했다. 회사 구내식당에서 동료가 식판에 밥과 반찬을 아침 점심으로 받아 주었고 나는 그 밥을 먹었다. 줄넌길 버스를 목발로 오르는 순간부터 지리에 앉기까지 빠르지 못한 내 동선과 움직임을 사람들은 고개를 통로로 내고 빤히 지켜보았다. 한 발로 불안하게 뛰어서 팀장님께 다가갔고 불안한 자세로 업무 보고를 했다. 하나뿐인 누나의 결혼식에 목발을 짚고 나타나 가족사진을 찍었다. 친지들은 혀를 찼다. 발목은 프랑켄슈타인처럼 기괴한 120바늘 수술 자국으로 덮여 끔찍했다.

함께 가려 했던 원정대는 일정대로 히말라야로 출정했다. 그들이 떠나는 날 아침, 공항에서 그들을 배웅하고 절뚝거리며 다시 사무실로 출근하는 내 모습은 추했다. 삶에서 색깔은 지워지고 나는 지독한 평범으로 돌진했다.

다시, 산으로

입사 후 3년, 첫 진급 심사에서 누락됐다. 수치스러웠다. 업무는 지지부진했고 반복되는 일과는 지루했다. 최선을 다하지도 그렇다고 형편없지도 않았다. 삶은 나를 떨리게 하지 않았다. 조직의 사다리 맨 끝을 로망처럼 우러러봤지만, 첫 관문부터 보기 좋게 미끄러졌다. 구석에 내팽개쳐진 내 목발처럼 어두운 시간들이 거듭 밀려왔다. 세상과 맞장 뜨겠다던 호기로운 신입사원은 거북목을 한 월급쟁이이자 매력 없는 사람이 되어 갔다. 만년설을 동경했으나 발목은 산산이 바수어졌고 직장에서만큼은 만회해 보려 했던 실낱같은 희망마저도 사라져 버렸다. 그때, 나는 죽은 사람 같았다. 나는 세상에서 가장 불행한 사람이었다.

사람이 오만하다 싶을 때 삶은 그를 어김없이 부러뜨린다. 그리고 깊은 절망을 선사한다. 한참을 지나 돌아보니 절망은 삶이 주는 만회의 기회이자 일종의 시험이었던 것 같다. 절망을 이겨낼 수 있는지 없는지를 한번 보자는 것이어서 절망은 사람을 벼랑으로 떠밀어 떨어져 죽는지, 날아오르는지를 시험한다. 그래서 우리는 절망을 다루는 연습이 필요할지 모른다. 희망은 절망에서 시작하기 때문이다. 글이 상투적으로 흐르는데, 경계하는 바이지만 사실 모든 게 끝났다고 생각되는 그때, 서사는 시작된다.

모든 것을 다시 처음부터 시작하기로 했다. 부러진 다리로 할 수 있는 운동은 수영뿐이었다. 출근 전 새벽같이 일어나 찬물에 머리를 처박고 물을 갈랐다. 퇴근길에도 약내 나는 수영장에 몸을 담갔는데, 천천히 휘젓는 어깻짓으로 잔잔한 파동과 함께 우아하게 레일을 돌고 도는 이름 모를 할머니를 넋 놓고 바라보며 나는 물에서 첨벙대고 퍼드덕거렸다.

수영으로 발목에 힘이 조금 붙기 시작했다. 어느 정도 걸을 수 있었을 때, 굽혀지지 않는 발목으로 까치발을 한 채 뒷산을 올랐다. 오르다 발목이 아프면 내려왔다. 어제 뒷산을 100미터 갔으면 오늘은 110미터를 갔고 발목이 아프면 아프지 않을 때까지 며칠을 쉬었다가 다시 올랐다. 나는 "지독하게 '평범'했다."에서 큰따옴표와 작은따옴표 안에 두 번 숨어있는 평범의 진위는 뒷산이라는 작은 소용돌이에서 출발했다.

긴 얘기를 아주 짧게 줄이면, 절단 동의서에 지장을 찍던 날로부터 5년 뒤, 나는 세계 최고봉 에베레스트(8,848미터) 정상을 절룩거리며 올랐다. 태풍은 고요하고 미지근하며 작고 축축한 것들이 결합해서 생겨난다. 그 일은 5년 전 절룩이며 오른 뒷산과, 고개를 처박던 새벽 수영장의 차가운 물과, 직장에서의 굴욕과 사람들의 혀 차는 소리가 오랜 시간 응축되고 뒤섞이며 태풍이 되어 터진 것이라 믿는다. 왜 나는 못가냐고 박박 우기며 싸웠던 날들, 그 삶의 흉터가 내가 찾아 헤매던 무지개였음을 훗날 알게 됐다.

27조각으로 으깨진 발목과 에베레스트 등정 그사이, 나는 그녀와 결혼했다. 조금 자세하게 말하면, 수술실 들어가기 전 왼쪽 발목의 극심한 통증으로 사지가 마비되어 손발이 오그라드는 우스꽝스러운 광경을 목격하며 웃어야 하나 울어야 하나 잠시

갈등했다던, 얼굴은 수심에 가득 찼으나 속으론 웃는 채 내 손을 잡았다고 실토한 여자 친구와 결혼했다. 첫째를 얻었고 전세를 마련했고 첫 승진에서 미끄러졌다. 그때만의 고민들을 하면서 전전하며 살았다. 미련도 남았고 후회도 했다. 내 꼬라지가 스스로 마음에 들지 않아 나를 부풀리고 쪼그라뜨리는 데 많은 에너지를 쏟았다. 그러다 체면도 다양하게 구겼고 그럴 때마다 모른 체 하거나, 아무렇지 않은 척하며 울레줄레 매달린 아이들 보며 살았다. 절룩이며 다니다가 걸었고, 걷다가 절룩거리며 뛰었다. 뛰다가 마침내 달릴 수 있었을 때 다시 산에 올랐다.

처음부터 다시 시작한다는 말이 얼마나 무서운지 그때 온몸으로 알았다. 정확히 말하면, 에베레스트에 가야 한다며 회사를 마치고 밤마다 뛰어오르던 뒷산, 발목이 아파 오르지도 못하고 내려가지도 못해 한참을 숨을 헐떡여야 했던, 초승달이 보이던 산 중턱에서였다.

3 　　　오직 산에서만

'빵 한 덩어리와 차 한 봉지를 낡은 배낭에 넣고서 울타리를 훌쩍 뛰어넘어 달려가고 싶지 않은 사람이 있을까?' 산은 꼭 공룡 같은 배낭을 메고, 근엄한 산악회의 일원이 돼야만 갈 수 있는 데가 아니다. 산악인들의 전유물도 아닐뿐더러 허락이나 예약도 필요 없어서 세상 가장 평등한 반려 활동의 세계라 할 수 있다.

또한 우리는 전 세계에서, 전철을 타고 산에 갈 수 있는 유일한 나라에 살고 있으니 축복을 누려야 마땅하다. 수없이 뻗은 정맥과 지맥이 백두대간을 타고 거미줄처럼 얽혀 있고 도심에서 조금만 걸어 들어가도 울울창창한 숲이 피톤치드를 발산한다. 기천 미터의 높은 산이 아니라서 크고 작은 봉우리의 맛을 언제 어디서나 느낄 수 있다. 봉우리와 봉우리 사이 편안하고 아늑하게 내려앉은 재, 령, 고개와 뱀처럼 구부러진 능선을 걷는 재미는 거대한 짐승의 등껍질 위를 횡단하는 듯 경이롭다.

뿐인가, 다른 운동에 비해 많은 돈이 들지 않는다. 등산화, 등산복, 배낭, 스틱 같이 등산 필수템이라 불리는 것들도 사실 이삼일 이상 걸리는 장기등반이나 악천후를 대비한 것들이어서 날씨 좋은 날, 가벼운 산을 오르는 데 반드시 장만해야 하는 건 아니다. 등산복 메이커에 정성을 쏟는 대신 집에 굴러다니는 운동화, 어제 입었던 추리닝이면 어떤가, 물과 간식을 넣은 편의점 검은 봉다리를 어깨에 걸쳐도 산악인의 걸음으로 당당하게 오르면 그만이다. 어떻게 오르든 허파를 가득 채우는 풍요로운 엽록소는 차별 없이 들이킬 수 있다.

무엇보다 오르는 순간, 몰입을 경험한다. 세상을 잊고 오로지 내 몸에 집중하는 데 들어가는 시간은 오르막 1분이면 충분하다. 아, 오르는 자에게만 선사하는 산의 위대한 고독, 침묵이 친구가 되고 완전무결한 고독이 우리를 부른다. 찰싹, 맹목의 찬양은 금물.

갑자기 변하는 날씨와 산에서 일어나는 갖가지 변수는 전술한 산의 당위를 한 번에 삼킬 수 있다. 산은 산 오르는 자가 오만하다 싶을 때 어김없이 회초리를 들어 보이니 그런 시험의 과정 없이 산을 잘 다닐 수 있다면 얼마나 좋겠는가. 산이 주는 절망의 상황을 경계하자. 나는 산에 관한 냉정한 감식안과 경각심을 위해 일부러 과도하게 묘사하려 한다.

한여름에 얼어 죽는, 저체온증

국립공원공단에 따르면 2019년 3월 치악산 배너미재에서 50대 등산객 1명이 구조됐다. 갑작스러운 기온 하강과 강풍으로 저체온증에 걸려 있던 상황으로 구조가 늦었다면 심각한 상태로 이어질 수 있었다고 전한다. 2021년 6월에는 40대 등산객이 무등산 장불재에서 조난으로 구조됐는데 심각한 저체온증 상태였다. 같은 해 8월 전북 부안군 내변산에서 저체온증 상태의 40대 등산객이 구조된 바 있다. 2019년부터 2022년까지 국립공원 내 구조 사례 중 저체온증으로 인한 구조만 13차례에 이르고 이중 봄, 여름철 저체온증 구조 사례가 38%에 달한다. 국립공원 외의 산까지 고려하면 이보다 더 많은 사례가 있었을 테다.

저체온증은 사람의 체온이 35도 이하로 떨어진 상태를 말한다. 의학적 학명으로 하이포서미아Hypothermia로 불리는데 라틴어 'hypo'는 '아래', 'Thermia'는 '열'을 의미한다. 항온동물인 인간에게 저체온은 곧 죽음을 의미한다.

저명한 작가 빌 브라이슨의 말을 각색하면, 저체온증의 단계는 다음과 같다. 1, 몸의 온도를 높이기 위해 근육을 수축하며 심하게 몸을 떤다. 2, 극심한 피로감, 시간과 거리에 대한 감각을 잃기 시작한다. 3, 판단력 저하, 비논리적인 결정, 명백한 것들을 보지 못한다. 4, 방향 감각을 잃는다. 환각에 빠진다. 몸이 얼어붙는데도 타는 것처럼 덥게 느끼는 착각이 대표적이다. 많은 희생자들이 옷을 벗고 장갑을 던지고 침낭에서 기어 나온다. 5, 무감각 상태에 이른다.

5단계에 이르면 희생자를 발견하여 응급처치를 해도 몸이 그 충격을 이겨내지 못하게 된다. 산에서 일어난 일은 아니지만, 실제로 1980년 덴마크 선원 16명이 배가 가라앉자 구명조끼를 입고 북해로 뛰어들었다. 30분만 있어도 목숨을 잃는 북해에서 90분을 물속에 버티며 16명이 생환했다. 그러나 담요를 덮고 따뜻한 음료를 마시자마자 16명 모두가 돌연 사망했다고 빌 브라이슨은 전한다. 산이든 바다든 항온동물인 우리에게 저체온증은 치명적이다.

겨울철 산행은 대체로 방한 대책과 추위에 대한 충분한 대비를 갖추고 시작하므로 매서운 바람과 추위에도 저체온증으로 이어지는 일은 드물다. 반면 봄, 여름철에는 얼음이 전혀 얼지 않는 온도지만 감정적으로나 신체적으로 무방비 상태라 속절없이 당한다. 출발할 때 산 아래는 무더운 날씨여서 가벼운 옷차림과 단출한 준비로 산에 오르기 마련인데 산의 날씨는 사춘기 인간의 마음과 같아서 매시간 변화무쌍하다. 게다가 산에서의 소나기는 대부분 바람과 함께 온다. 봄, 여름 산에서 갑작스러운 비를 만나면 한기를 느끼며 체온을 빼앗기기 시작하고 한 두 시간여 지속되면 겨울이 아니라, 여름 산에서 동사凍死할 수 있다.

이용대의《등산교실》(해냄, 2006)에 따르면, 젖은 옷은 마른 옷에 비해 열전도율이 240배나 빨라지므로 체온을 더욱 잃는다고 한다. 오히려 여름 산이 겨울 산보다 위험할 수 있다는 경고다. 특히 1,000미터가 넘는 고지대는 4월에도 눈이 내리고 폭우가 쏟아지는 등 하루에 봄, 가을, 겨울 세 계절이 공존하므로 해가 진 늦은 시간, 산속 계곡은 겨울 산과 다를 것이 없다고 강조한다. 100미터를 오를 때마다 0.7도씩 떨어지는 기온을 감안하면 상온에서 출발해도 1,000미터 고지는 영하 7도에 이른다. 영하 7도에 초속 15미터로 부는 바람이 더해진 환경은 바람이 없을 때의 영하 30도와 같다.

7명의 대원과 함께한 여름 낙동정맥 종주 산행에서 있었던 일이다. 아침에 맑았던 날씨가 오후 들어 갑자기 흐려지더니 소나기와 함께 강풍이 불기 시작했다. 그렇지 않아도 무거운 배낭은 순식간에 비에 젖어 돌덩이가 되었다. 어깨를 짓누르고 등산화도 물에 흠뻑 젖어 오르막길에 헛디디고 미끄러지며 체력이 일순간 바닥났다. 마땅히 비를 피할 곳도 보이지 않고 산길은 끝없이 이어져 있었는데 소나기는 어느 순간 비바람이 되어 종주 대원들을 속수무책으로 때렸다.

완만한 길에 들어서자마자 산행을 중지하고 판초 우의를 나뭇가지와 연결해 비부터 막았다. 대원들은 반바지, 반팔 티를 입고 있었고 갑작스러운 추위에 당황하며 차렷 자세로 이를 부딪치며 떨고 있는데 자세히 보니 입술이 퍼렇고 동공에 초점을 잃은 채 무엇을 해야 할지 모르는 사람처럼 넋이 나가 있었다. 금세 몸이 뻣뻣해지고 손발이 마비된 듯 움직이기 힘들어 보일 때, 아차 싶었다. 예전 백두대간과 설악산 능선 종주를 하며 여러 번 당했던 터라 저체온증이 얼마나 무서운지 안다.

모두 정신차리라고 고함치며 재빨리 옷부터 갈아입히고 한곳으로 모여 앉았다. 몰아치는 비바람은 모여 앉아 등을 잇대어 막고 스토브를 켜서 수통에 남은 물을 올려 끓였다. 초콜릿 간식을 끓는 물에 마구잡이로 넣어 녹인 초콜릿 물을 나눠 마시며 저체온증의 심각성을 침 튀기며 얘기했다. 생동감 있는 산악교실이 만들어졌다.

다만 생존의 귀한 상식을 마치 계명처럼 얘기하던 그때, 날씨가 거짓말처럼 맑게 개어 호들갑 떨던 내 주둥이가 무색해진 적이 있다. 그렇다, 산의 날씨는 이처럼 변화무쌍하다. 그때 하늘은 더 세차게 비바람을 뿌렸어야 했다. 한두 번도 아니고 번번이 이렇게 손발이 맞지 않아서야 되겠는기. 니는 그저 뒷머리를 긁적이며 기어들어 가는 목소리로 애써 아무렇지 않은 듯 말했다. "자아, 출발." 안 될 놈은 안 된다.

귀신에 홀린 듯 사라진 방향감각, 링반데룽

2023년 5월 27일 전북 진안군 구봉산(해발 600미터)에서 17명의 대학 운동부 선수들이 하산 중에 길을 잃고 신고 2시간여 만에 구조됐다. 조난 신고 전, 길을 잃었다는 사실을 인지하기까지의 시간까지 고려하면 상당한 시간을 길을 찾으려 무리했을 테다. 체력이 좋은 운동부 선수들이 아니었다면 아찔한 상황으로 이어질 수 있었다. 당시는 흐린 날씨에 옅은 안개가 산을 덮고 있었다. 그렇다고 하더라도 높지 않은 산에서 17명의 젊은 청년들이 길을 잃었다는 사실이 믿기지 않는 뉴스였다. 사고 직후 인터뷰에서도 그들은, 길이 보였으나 같은 길을 돌고 돌았다고 증언하며 어떻게 같은 길을 반복해서 갈 수 있는지 지금도 알 수 없다고 말했다.

같은 장소에서 주위를 방황하는 것을 환상방황環狀彷徨, 독일어로 링반데룽Ringwanderung이라 한다. 스스로는 목적하는 방향으로 가고 있다고 생각하지만 방향감각을 잃고 한 지점을 중심으로 원으로 그리며 맴도는 상태인데 짙은 안개, 눈보라, 폭우, 피로에 의한 사고력 둔화 등이 그 원인이다. 이런 현상은 산뿐만 아니라 복잡한 미로 같은 골목길이나 밤길 도로 운전에서도 종종 일어난다. 마치 시커먼 바닷속 30미터 언저리 지점에서 위, 아래의 방향을 잃고 수면으로 간다는 것이 더 깊은 물 속으로 들어가는 것과 같다.

이런 현상은 일종의 정신적 착란으로, 뇌과학적으로 확증편향성에 따른 인지협착이다. 길을 잃었음에도 무리하게 산행을 계속하면 탈진으로 이어질 수 있고, 환상방황이 일어나는 날씨 조건은 대개 악천후일 가능성이 높아 전술한 저체온증을 동반할 수 있으니 주의해야 한다. 특히 우리나라 산악지형에서 빈번해서 고도의 기복이 심하지 않고 지형이 넓게 펼쳐진 낮은 산, 구릉 지역에서 일어나기 쉽다.[▲] 더욱이 낯선 지역, 야간 등반일수록 더욱 조심해야 한다. 실제 환상방황을 만나 길을 잃고 헤맨

[▲] 국토교통부에 따르면 한반도 전체 기준의 지형 고도별 분포는 2,000미터 이상이 0.4%, 1,500~2,000미터가 4%, 1,000~1,500미터가 10%, 500~1,000미터는 40%를 차지한다. 200~500미터의 저산지는 전 국토의 40% 이상이다. 우리나라는 통상 경사 5~10도에 100미터 이상인 지역을 산지로 구분하고 100미터 미만 지역을 구릉지로 구분한다. 참고로 유럽 알프스 지역에서는 3,000미터 이상을 산으로 본다. 우리나라 산의 평균고도는 482미터며 아시아의 평균고도는 960미터다.

경험을 가진 사람들이 의외로 많은 이유다.

등산 중에 짙은 산안개를 맞닥뜨리거나 겨울철 눈보라로 인한 화이트아웃을 만나게 되면 시계가 차단되어 원근감이나 방향 감각을 놓쳐 길을 잃는다. 이때는 가까이 있는 것과 멀리 있는 것을 구분할 수 없다. 길을 찾는답시고 계속 산을 헤매면 탈진한다. 추위까지 겹치면 피로와 동상이 함께 온다. 과도한 등산으로 탈진에 이른 사람은 추위에 취약해서 저체온증으로 이어질 수 있으니 왔던 길을 다시 만났다는 사실을 인지하면 그 자리에서 산행을 멈춘다. 그리고 옷을 두툼하게 고쳐 입고 가지고 있는 간식을 먹으며 평온을 되찾는 데 주력한다. 혹, 실수로 나침반과 지도▲를 가져왔다면 길을 잃기 직전의 지형지물을 떠올려 시간과 거리를 가늠하고 지도상에서의 자신의 위치를 파악하면서 안개가 걷히기를 기다린다.

1기압 존재의 뼈아픈 한계, 고산병

고산병은 숨을 과도하게 오래 참았을 때 사위가 반짝거리는 경험과 비슷하다. 앉았다 일어날 때 찾아오는 순간적인 어지럼증(기립성 현훈)이 지속되는 느낌으로 상상이 가능하다. 해발에서 산을 오를 때 고도 1,000미터 당 0.1기압이 떨어지니 3,000미터 언저리에 오르게 된 인간에겐 어김없이 고산증세가 찾아온다.

8,000미터를 넘는 고산은 기압이 0.2 이하로 떨어진다. 여기를 무산소로 오른다는 의미는 20%가 채 되지 않는 공기에 신체를 적응시키기도 어려운 마당에 등산까지 하는 것이니 앞에서 대단하다고 말하고 뒤돌아선 자살행위라 속삭이지 않을 수 없다. 그러니까 고산병은 1기압에 적응된 인간이 0.7기압 이하로 떨어진 사태를 마주했을 때 겪는 일종의 혈액순환 장애다. 더해서 인생을 통틀어 가장 술을 많이 마신 다음 날 아침, 숙취에 깨질 듯 아픈 두통처럼 머리가 아파온다. 한마디로 머리가 아프면서 어지럽고 장기 팽창으로 구토를 동반하며 사지四肢의 무기력을 부르는 증상을 보인다. 방치하거나 악화하면 뇌에 물이 차는 물뇌증, 폐에 물이 차는 폐수종 등으로 이어져 죽음에 이른다. 자신을 떠나 중력으로부터 멀어지려는 겁 없는 인간에게 날리는 지구의 질척거림이랄까.

동상도 고산증세 중 하나다. 갑자기 고소에 적응하는 인간의 신체는 희박한 산소▲▲를 놓고 생명을 유지해야 하는 딜레마에 빠진다. 혈중 산소농도가 충분해야 헤모글로빈을 통해 이리저리

▲   짝짝짝, 박수를 보낸다. 산에서 사람을 살리는 건 유명 등산복, 고기능의 배낭, 등산화가 아니라 지도와 나침반이다. 산에서 패션을 뽐내는 것만큼 어리석은 일은 없다. 체력 자랑, 속도 자랑을 더하여 등산 삼불출이라 한다.

▲▲   편의상 산소라 말하지만 실은 질소가 팔 할을 차지한다. 1기압의 대기는 대략 질소가 78%, 산소가 20% 비중을 차지한다. 그러므로 0.2 기압은 1기압인 지상에 비해 공기 밀도가 1/5로 낮아지므로 산소 또한 비중이 줄어든다.

퍼지고 순환하며 피로(젖산) 해소와 대사 작용이 가능한데 산소가 부족해지니 생명 기능에 중요한 장기 위주로 피를 보내면서 비상 모드로 전환한다. 이때 말초와 말단까지 가던 혈액을 주요 장기로 돌려, 신체는 전반적인 대사와 항상성 유지를 포기하고 오로지 살기 위한 필수 기능을 지키는 체제로 바뀌는 것이다. 설상가상으로 피로와 탈진, 강추위가 지속되면 혈액이 닿지 않아 항온성이 떨어진 말초의 손가락, 발가락부터 얼어붙어 괴사가 시작된다. 이것이 동상이다. 손가락이나 발가락이 다 타버린 숯처럼 검게 변하거나 동상 부위를 두드렸을 때 통증이 없고 통나무 소리가 나면 신속하게 괴사 부위를 절단해야 추가 괴사 진행을 막을 수 있다. 심하면 광인증을 보이고 신체 방어 기제로 인해 입었던 옷을 모두 벗어 던지며 동사한다.

그러므로 히말라야 원정의 성패는 고산병을 대하는 태도에 달려있다. 고소증세는 원정 기간 내내 끼니처럼 따라다닌다. 인간이라면 예외 없다. 남대문 지퍼 내릴 힘이 없어 누군가 지퍼를 내려줘야 소변을 본다. 무기력이 온몸을 지배해 시커먼 크레바스▲를 가로지르는 알루미늄 사다리 앞에서 주저앉는다. 다리에 힘이 풀려 드러눕고 일어서고 다시 드러눕기를 반복한다. 귀에

▲   거대한 빙하가 갈라진 틈. 끝이 보이지 않을 만큼 깊다. 보통 깊이 1킬로미터에서 깊은 곳은 3킬로미터에 달하므로 한번 크레바스에 빠지면 살아나오기가 어렵다.

는 벌이 날아다니고 머릿속은 소주 3병을 들이켠 다음 날의 숙취와도 같다. 잘 수 없는 것, 먹지 못하는 것 모두 고소증세다. 자신이 보고도 믿을 수 없고 태연하려 해도 당황스러움을 감출 수 없다.

고소증세만 생각하면 에베레스트 쪽으로는 오줌도 누고 싶지 않다. 그러나 여기에도 훌륭한 치료법은 있다. 내려서는 것이다. 올랐기 때문에 아픈 것이다. 고개를 쳐들고 계속 오르려는 인간에게 자연이 베푸는 자비는 없다. 비단 산에서만은 아닐 것. 잊어서는 안 된다. 무조건 내려가야 한다. 고소증세는 고도를 높이면 어김없이 나타나고 고도를 내리면 언제 그랬냐는 듯 거짓말처럼 사라진다. 신이 오만한 인간에게 주는 근사한 처방이다.

덧붙여 고산에서도 수면 중에는 호흡이 잦아든다. 심호흡을 맘껏 할 수 없어 고소증세에 시달린다. 그래서 히말라야에서는 수면 시간을 최대한 줄여야 한다. 피곤하지만 어쩔 수 없다. 그럼에도 한참 잠이 든 새벽, 잠이 쏟아지는 중에 방광을 터뜨리며 나오려는 오줌을 견딜 수 없었다. 좀체 오지 않는 잠을 어렵사리 잤는데 저 추운 밖에서 오줌을 누고 온다면 분명 잠이 깰 테다. 망설이고 망설이다 텐트 밖으로 나가 근심을 해결한다.

한번은 수면 모드를 유지하려고 실눈을 뜨고 오줌을 누는데 추워서 오금이 저리는 중에 이놈 오줌이 그칠 생각을 안 한다. 예상치 못한 런타임에 당황하며 흠칫 밤하늘을 봤는데, 순간 넋을 잃었나. 오줌이 세차게 나오는 중이었다. 시커먼 천구 전체에 빼곡하게 수놓은 별이 보름의 달빛처럼 빛나고 있었다. 밤하늘에 단 1센티미터의 빈틈도 없이 박힌 별들이 나를 스포트라이트처럼 내려다보는 장면에 나는 내 눈조차 의심했다. 숭고하다는 표현이 맞을까. 하늘에 걸려있는 별의 노다지를 보고 나는 입을 벌린 채 한참 동안 남대문을 닫지 못했다. 산은 고산병을 주지만, 미안하다며 빛나는 선물을 주는 것을 잊지 않는다.

고산병, 비아그라 그리고 저소증

성기능 장애 개선제 비아그라를 복용하면 혈액순환 장애를 개선할 수 있다 하여 해발 8,000미터에서 복용한 적이 있다. 당시 고산에서의 임상 기록결과가 없어 개선 여부를 장담할 수 없는 상황이었다. 실험 쥐 신세를 무릅쓰고 한 알을 통째로 삼켰지만, 혼미한 정신이 먼저였는지 이렇다 할 약효가 있었다고 말할 순 없다. 에베레스트 캠프4 그러니까 에베레스트와 세계 4위 봉 로체 사이의 안부, 사우스콜이라 불리는 8,010미터 언저리였으므로 효과를 인지하는 기능마저 상실했었는지 모른다.

고소증세는 1기압에 적응하며 살아간 사람에 한정하여 발현된다. 반대로 고산지대에 적응하며 사는 사람은 땅으로 내려가면 저소증세가 나타난다. 고소에는 호흡할 수 없는 고통이 있다면 저소에는 실없는 사람처럼 마냥 웃어대는 즐거움이 저소低所 증상이다. 뇌에 부족했던 산소가 쏟아져 들어가 벌어지는 일이다. 실제 6,000미터 이상의 고지대에서 두 달간 등반하고 4,000미터대의 마을로 내려왔을 때, 마리화나를 두어 대 핀 사람마냥 웃어 댔는데 훗날 알고 보니 이것이 저소 증세였다.

4   산 잘 타는 사람

산은 그저 오르면 된다. 하지만 마냥 오르면 안 된다. 헬스장 기구들로는 단련할 수 없는 등산 근육이 있으므로 몸에서 이 근육이 자리 잡힐 때까지는 욕심 없이 그저 올라야 한다. 경사진 산길을 잔발로 수없이 오르락내리락해야 길러지는 잔근육, 이 근육을 기르는 데는 첩경捷徑이 없다. 산을 오르는 엔진이다. 산에 가면 롤스로이스의 강력한 엔진을 가진 사람이 선수 눈에는 보인다. 그들은 근육질의 헬창도 아니고 젊은 운동선수도 아니다. 대개 긴 세월 산을 오르고 내리며 나이가 지긋하게 드신 분들이다. 호흡이 편안하고 가파른 길에서도 거뜬하며 지치지 않는다. 산에서 자랑스러운 것은 튼튼한 엔진인 두 다리와 적게 먹어도 멀리 갈 수 있는 대사 효율성이다.

높은 산에서 비바크Biwak▲를 해봐야 한다거나, 몇 날 며칠의 대간, 정맥 종주를 해야 하거나, 공룡능선▲▲ 같은 악산의 험로와 6피치에 이르는 설악산 장군봉▲▲▲, 앞쪽으로 넘어질 것 같은 적벽▲▲▲▲을 올라야 산악인이 되는 건 아니다. 멋들어진 장비를 갖추어야 하는 것도 아니어서 산은, 그저 오르면 된다. 보통의 성공 프로토콜이 그렇듯 여러 번, 수도 없는 반복 뒤에 자득되는 경험이 자기도 모르게 성공 반열에 올리게 하는 원동력이 된다. 중요한 것은 오르기로 마음먹었다면 오늘, 물러서지 않고 그저 하는 것이다. 그 순간이 산악인 정체성의 시작이다. 그리고 마냥 올라선 안 된다는 말은, 우리 몸은 소중하니까 혹시나 있을 법한 상황에서 다치지 말자는 노파심이다.

산사람다운 습관

1. 산에서는 무조건 잔발이다. 보폭은 짧게, 걸음은 천천히, 직선으로 지르는 산길을 멀리하면서 되도록 둘러 간다. 걸을 때는 자주 멈추지 말고(물론 어렵겠지만) 아장아장 걷더라도 계속해

▲   악천후로 인해 정상적인 야영이 어려운 상황에서 밤을 지새우는 기술.

▲▲   설악산의 대표적인 능선 중 하나. 공룡, 특히 스테고사우르스의 등 모습을 닮았다 하여 공룡능선이라고 부른다.

▲▲▲   설악산 비선대를 등지고 천불동 계곡을 바라보면 정면에 보이는 국내 최장의 암벽. 장군의 투구를 닮았다 하여 붙여진 이름이다.

▲▲▲▲ 설악산 장군봉 오른편에 있는 앞으로 쏟아질 듯 기울어진 절벽. 붉은색을 띠고 있어 적벽이라 한다. 국내 암벽 중 최고난도의 자유등반 벽이다.

서 가는 것이 결국 제일 빨리 걷는 방법이다. 한 번 쉬거나 멈추게 되면 하염없다.

2. 출발할 때는 조금 으스스한 듯 한기를 느끼는 옷차림으로 시작하고, 쉴 때는 땀이 나거나 더워도 겉옷 껴입기를 잊지 않아야 체력을 온전히 유지할 수 있다. 산바람은 땀을 빨리 식히므로 한기를 느낄 땐 이미 몸의 방전이 시작된다. 그래서 산에서는 부지런해야 산다. 자주 입고 또 자주 벗고, 자주 꺼내 먹기를 귀찮아해선 안 된다. 거칠게 말해, 산에서 귀찮으면 죽는다.

3. 물은 벌컥벌컥 마시지 않는다. 목이 말라 갑자기 많은 물을 한꺼번에 마시면 배에 출렁이는 물이 다리를 움직이지 못하게 잡는다. 물은 쉴 때마다 한두 모금만 마시고 입만 축이고 뱉어도 문제없다. 목적지에 도착한 뒤 갈증을 없앨 수 있을 만큼 마시면 된다. 물을 많이 마시면 탈진이 빨라진다. 산에서 탈진하는 사람들의 특징은 갑자기 많은 물을 마신 덕에, 체력이 급격하게 떨어지던 타이밍에 순간적인 체력 상승을 경험하고 걸음이 평소의 두 배 정도 빨라지다가 쓰러진다. 수차례 유사한 장면을 목격하고 경험이 쌓이니 산에서는 스펠▲이나 등산용 컵에 물을 따라 그 양을 가늠하며 마시는 버릇이 생겼다.

▲　　등산용 다용도 알루미늄 컵. 시에라 컵.

4. 내려가는 것을 자존심과 결부시켜선 안 된다. 상황이 좋지 않거나 날이 어두워질 때는 올라가는 것을 중단하고 과감하게 내려서는 것이 자신을 지키는 일이다. 오르지 못한 산은 다음에 오르면 된다. 산은 어디 가지 않는다. 쉴 새 없이 번개가 내려칠 때 계속 오르다간 큰일을 당할 수 있다. 탈진하면서까지 올라간 정상은 반드시 하산 중에 사고를 예고한다. 물이나 식량이 없거나 오후 5시가 지났는데도 여전히 정상을 향해 오르고 있다면 산행을 중단하고 왔던 길로 내려서는 것이 자존심이다.

5. 동서남북 가늠하는 방법을 알아두면 산에서 길을 잃었을 때 유용하다. 우리나라와 같은 북반구에서는 운 좋게 밑동이 잘린 그루터기 나무의 나이테를 본다면, 나이테가 촘촘한 쪽이 북쪽이다. 이끼 낀 돌을 자세히 보면 이끼가 많이 자라 있는 쪽이 북쪽이다. 저 멀리 도로 표지판이 보이거나 지도에서 고속도로, 지방도로 번호가 짝수라면 동서로 가로지르고, 홀수 도로는 남북으로 뻗어 있으므로 방향을 짚어볼 수 있다.

무엇보다 산에서 길을 잃으면 몇 시간이고 오롯이 버티는 수밖에 없다. 이때 필요한 것이 3대 필수 장비인 물(수통), 비상식食, 랜턴이다. 어느 산을 가든 배낭 안에 항상 있어야 한다.

산악인 마음사전 (산악인들만의 용어와 불문율)

— 독수리와 참새

산에서는 몸은 지저분해지고 마음도 늘 공포감 휩싸이지만, 언제나 말은 아름답고 칭칭하게 하자는 산악인들만의 약속 같은 것이 있다. 큰 것과 작은 것을 구분한 산악인들의 마음결은 고와서, 똥은 독수리, 오줌은 참새로 명명하니 '나 독수리 잡고 옴세' 하고 텐트를 나서는 사람 있다면 그의 동선을 유심히 보고 같은 길로 들어서선 안 된다. 혹 도무지 독수리 잡을 곳이 마땅찮다면 서로가 마주 보며 독수리를 잡을 수도 있다. 그땐 '자네 왔는가.' 하고 기꺼이 환영해 준다. 서로가 특유의 독수리 잡는 소릴 들어가며 '허허, 거 참 독수리 한번 시원하게도 잡는군' 하면서 환담을 나누게 되니 서로의 가장 내밀한 상황을 공유하는 찐친이 된다.

— 자일을 밟지 않는다

자일은 산악인의 생명줄이다. 설사 땅바닥에 널브러져 밟고 지나가라는 듯 팽개쳐져 있더라도 절대 밟아선 안 된다. 고양이가 장애물을 요리조리 피해서 가듯 앞발을 한참 동안 들고 빤히 쳐다보며 조심조심, 사뿐사뿐 넘어가야 한다. 티라노사우루스가 되어 두 손을 모으고 자일과 자일 사이를 밟으며 넘어가야 한다. 실제로 밟힌 자일은 그 안에 미세하고 날카로운 흙 분자들이 들어가 자일을 내파內破 한다고 알려져 있다. 할아버지의 분신 같은 베개를 밟지 않는 것처럼 산악인은 어떠한 일이 있어도 자일을 밟지 않는다. 그것은 목숨을 연결하므로.

— 먹은 만큼 간다

신기하게도, 도저히 갈 수 없어 주저앉아 청포도 사탕 한 알을 먹었다면 딱 청포도 사탕 한 알만큼 걸을 수 있다. 숨넘어가는 지경에 이르러 오이 한 개를 씹어 먹었다면 오이 하나만큼 걷는다. 아무도 설명할 수 없지만 사실이다. 히말라야 고산 지대에서는 밥을 넘기기가 매우 힘들다. 한 숟갈을 뜨고 하늘을 몇 번 쳐다보고 다시 한술 뜨기를 식사가 마칠 때까지 계속한다. 끼니마다 이 짓은 반복된다. 잘 들어가지 않음에도 억지로 먹는다. 먹은 만큼 갈 수 있기 때문이다. 숟가락 놓기 전에 세 번 더 먹기. 불문율이다. 토할 줄 알면서 세 번을 더 퍼 넣고 숟가락을 놓는다. 밥을 먹지 않는 사태는 대장에 대한 가장 큰 반항이다.

— 백두대간 종주

첫날 지리산을 출발해 등산이 끝날 무렵 자신이 조금 지저분해졌다는 것을 의식한다. 다음 일주일 덕유산 자락에 들어서면 지저분해졌다는 것이 불쾌해진다. 속리산을 지나 소백산에선 지저분하지 않은 상태가 어떤 것인지 잊어버린다. 첫날밤에는 즉석 국을 갈망한다. 다음 날 저녁에 배는 고프지만, 즉석 국이 아니기를 빈다. 그다음 날 밤에는 즉석 국을 먹고 싶지 않지만 뭔가는 먹어야 한다는 것을 안다. 그다음 날 밤에는 식욕을 못 느끼지만 그냥 먹는다. 그냥 그 시간에 해오던 일이므로. 설명할 수 없다. 그냥 그렇다.

이제야 숲에 적응되고 자연에 동화됐다 싶으면 종주는 끝난다. 그 길로 도시에 내려오면 지하철 타는 법을 까맣게 잊어버려 황망하다. 올랄라, 버스비도 올라 있다. 어리바리, 어리둥절의 때 묻은 옷과 더러운 얼굴에 커다란 봇짐을 멨으니 신고의식 충만한 사람들에게 무장 공비로 몰릴지도. "경찰 아저씨, 아니 그게 아니고…."

— 낙동정맥 종주

산속에 고작 엿새밖에 있지 않았는데도 능선을 타다 우연히 만난 저 멀리 포장도로나 휙 지나가는 자동차 소리. 그냥 건물만 봐도 낯설고 맘은 설렌다. 경북의 심심산골 영양군 수비면 마을, 문을 열고 벽과 천

장으로 둘러싸인 짜장면집 내부로 들어가는 것도 신기했다. 젤리나 사탕 한 봉지에 감읍하는 자신을 발견하는 것, 빼빼코에 마치 처음 먹어보는 아이스크림인 것처럼 넋이 나가고, 콜라로는 거의 오르가슴을 느낀다.

— 알탕

산속 깊은 눈길을 뚫고 아무도 없는 계곡물에 비누 없이 코펠을 바가지 삼아 목욕을 한다. 얼음물에 춤을 춘다. 물을 끼얹을 때마다 재즈를 추고, 평소엔 느려 터졌지만, 가장 빠른 동작으로 춤추는 걸 목격하니 안쓰럽다. 나무꾼이 선녀 역을 맡고 있으니, 선녀는 간데없고 딱따구리만 웃더라. 따닥따닥 따다다닥.

— 다 왔어요

산에서 얼마쯤 남았냐는 물음에 누군가 다 왔어요, 라고 답했다면 대략 3킬로미터 정도 남았다는 말이다. 바로 앞이라는 말을 들었다면 여전히 1킬로미터를 가야 한다는 말이고, 혹 힘내라는 말을 들었다면 난감하다. 6킬로미터는 족히 남았다는 말이니 희망은 절망을 먹고 자란다.

— 내려가라

"컨디션은 어떤가?"

"최고로 좋습니다."

"내려가라."

비정상적으로 컨디션이 유난히 좋은 날 등반대의 맨 앞에 나서거나, 선등하지 말 것. 사고 날 확률이 그 어느 때보다 높다.

— 라마제

히말라야 등반은 라마제로부터 시작된다. 라마제는 셰르파들이 믿는 라마 신께 우리가 이제 신의 영역을 들어가겠노라 고하는 제사다. 이 제사를 지내기 전에 셰르파들은 한 발짝도 움직이지 않는다. 등반은 라마제를 지낸 뒤라야 본격적으로 시작된다. 신의 땅에 들어서는 인간에겐 등반보다 신의 자비를 구하는 일이 먼저인 것이다.

히말라야 등반은 신의 자비를 예측하는 일이 팔 할이다. 거대한 산과 눈발 휘날리는 대암벽 앞에 서면 존재의 왜소함을 절감한다. 그때는 이 산을 반드시 오르겠노라는 정복욕이 들어찬 의지가 아니라 부디 그대와 함께하려는 이 미물을 받아주시라는 가녀린 읍소만 할 수 있을 뿐이다. 라마제는 이런 마음을 끝까지 지키려는 셰르파들의 지혜다.

5   나와 별과 산

'나와 별과 산'이라는 사건에 관하여

봉우리와 봉우리 사이 아담하게 내려앉은 재峠와 고개를 사랑한다. 혼자 깊은 산을 오르면 두려울 정도로 외지지만, 소란을 떠는 사람들 무리, 스마트폰 현란한 숏츠 대신 아늑한 재가 내안을 빈틈없이 채운다. 여기선 사건과 감정을 되새길 필요 없이 그냥 지나가게 놔두면 된다. 내가 조금 지저분해졌다는 사실도 의식하지 않아도 된다. 나와 나를 둘러싼 세계를 의식하지 않고 더 나아가 그것들을 잊게 되면 산이 보이고 별이 보인다.

언제는 안 보였던가? 그렇다. 그사이에 무언가가 늘 있었다. 회사 걱정, 자식 걱정, 전전하는 삶과 불안한 미래 같은 것들이. 잘

다란 사념들을 지우면 산과 나 사이에는 아무것도 없이 단호하게 홀로 맞대어 서로를 볼 수 있다. 나와 별, 나와 산이라는 각자의 존재 방식이 서로에게 삼투압하며 밀려들어 오는 것이다. 있는 그대로의 산과 별을 보는 사태에 관한 한 이 사람을 따라 올 사람은 없다.

이 사람을 보라. 러시아 시베리아 극동 지역의 시호테알린산맥을 넘나들던 전설의 사냥꾼이 있었다. 산에서 태어나 수렵으로 먹고살았고 움막을 옮겨 다니며 가족을 건사했던 '데르수 우잘라Dersu Uzala'이다. 그는 러시아 극동탐사대 대장(블라디미르 아르세니예프)이었던 문명인의 물음에 다음과 같이 답한다.

"별이 뭔가?"
"저기 별 떴다. 보면 된다."
"달은 대체 뭔가?"
"눈 있는 사람 달 본다. 저게 달이다."
"하늘은 어떤 의미일까?"
"환할 땐 파랗다. 캄캄해지면 까맣다. 비 올 때 흐리다. 다 볼 수 있어. 근데 대장은 맨날 묻는다. 대장 눈 나빠?"▲

▲   블라디미르 아르세니예프, 《데르수 우잘라》, 갈라파고스, 2005.

데르수는 잉크라는 말을 몰라 더러운 물이라 말했다. 수도 요금을 건네는 광경을 보고는 "미쳤다! 물 마시고 돈 준다! 강에 돈 안 줬다!" 하며, 아무르강을 떠올리고 "거기 물 많다!"고 아연실색한다. 짐승은 사람과 똑같이 '사람'이라 불렀다. 참새조차 그에게는 '의젓한 사람'이었다. 얼룩바다표범과 의사소통했고 시베리아 호랑이와 서로의 명예로운 최후를 위해 존중을 주고받는다.

그는 세계가 열려 있다는 것을 알았고, 세계는 그를 향해 활짝 열려 있었다. 우리가 알고 있는 많은 것들을 그는 알지 못했지만, 바람의 방향만으로 천기를 읽었고 그 바람에서 묻어오는 기운으로 천지의 향방을 알 수 있었다. 구름, 해, 달, 별의 이동, 짐승의 행동, 그들의 발자국, 똥, 갖가지 흔적들의 이질적인 것들에 자신을 동일화시켰고, 그러한 동일화 가운데서 삶을 예견하고 수정하고 철회하며 받아들였다. 산과 별을 제대로 보는 방식이다.

해석하고 설명하고 말할 수 있는 것들이 세계를 구성한다. 하지만, 세계는 언어라는 것이 있건 없건 말 너머에 이미 천연하게 존재한다. 별과 산과 능선, 고개, 재岾가 나에게 무찔러 들어오는 일은 어쩌면 이제껏 내가 알고 있는 것들을 잊거나 언어를 잃어버린 후에야 비로소 직면할 수 있는 사태인지 모른다.

그 세계를 여전히 경험하지 못했으므로 나는 영원히 산을 알 수 없을지도 모른다. 어쩌면 그 경험은 나의 맨눈으로 나를 볼 수 없는 것과 같고, 왼손이 왼손을 부러뜨릴 수 없는 일과 같아서 영원히 말속에서만 노닥거릴 수밖에 없을지도 모른다. 산을 보았다, 산을 안다, 라고 말할 수 있을 때, 그때는 나를 알 수 있게 될 것인가? 지금 '나는 누구인가'라는 질문을 붙잡고 머리를 쥐어뜯는 나를 보고 데르수는 웃으며 가소롭다는 듯 답할 것 같다. "너는 너지."

고개여, 나는 지금 너희에게 못 간다

혈기 넘치던 스무 살 그해 여름, 나는 백두대간의 마루금을 밟으려 짐을 싼 적이 있다. 험난하고 길었던 대간 길에서도 그곳은 유난히 내 마음을 잡아끌었는데 험한 지형만큼이나 날씨 또한 우리를 도와주지 않았던 기억이 생생하다. 억수같이 쏟아지는 빗줄기를 맞았고 한여름 산중에서 저체온증으로 온몸을 떨며 서로의 체온을 체크하며 걸었다. 거짓말처럼 맑게 갠 다음 날은 내리쬐는 햇살에 걷기가 힘들었지만 그날 밤, 이름이 아름다운 고개가 평당 천 개의 별을 품고 고생했다며 나지막이 속삭이듯 내게 하늘을 보여줬었다.

비를 흠뻑 맞으며 걷던 곳은 백두대간 이화령이고 내리쬐던 태양에 힘들었던 곳은 문경새재, 그리고 이름이 아름다운 고갯마루는 하늘재다. 천 년을 두고 차례로 개통된 이 세 개의 고개를 3일에 걷는 일은 3천 년 이 땅의 이야기를 밤새 듣는 것일 터, 앞서 길을 걸어간 수많은 사람들의 이야기를 끌어안는다. 길은 세월의 시층이 간직한 이야기로 버틴다. 숨을 헐떡이며 올리 비람 한 줄기에 풀어내는 인간의 이야기들을, 이 고개의 길은 죄다 품고 있다.

충청과 경상의 분수령인 준봉들 사이에서 경상도의 마을과 충청도의 고을을 이어주던 이 세 개의 고갯길은 모두 문경지역에 있다. 2세기 중반, 정확히는 서기 156년에 뚫려 신라와 고려시대의 주 간선도로였던 하늘재는 조선 초, 태종 14년에 문경새재가 개통되기 전까지 영남의 사람과 물자가 한강으로 닿을 수 있는 가장 빠른 길이었다. 재미있게도 하늘재를 경계로 고개 아래의 문경 땅의 첫 마을은 관음리이고 재 너머 충주 땅 첫 마을은 미륵리다. 관음에서 미륵으로 가는 고개에 하늘이라, 나도 모르게 손이 무릎으로 가며 외마디 감탄사가 나온다. 관음과 미륵을 잇는 고개의 이름을 하늘재라 명명한 그 시대 사람들의 세계, 그 의젓하고 아찔한 세계를 상상해 보는 일은 길 위의 인간을 넘어서는 인간의 길을 보는 듯하다.

그로부터 천 년 뒤 문경새재가 뚫렸다. 길은 넓어졌고 고개는 낮아졌다. 더 많은 사람과 더 많은 물자들이 교류했다. 다시 천

넌이 지난 뒤 이화령이 생겼는데 문경지역의 석탄과 석회석을 빼앗으려는 목적으로 일제가 길을 놓았다 한다.

모두가 높이의 경쟁을 펼칠 때 고개는 애써 물러선다. 봉우리 사이에서 위를 향한 경쟁을 피하고 새초롬히 앉은 재, 현, 고개는 수준 높은 여유다. 어느 장소에서나 어느 주제에 대해서나 할 말 다 하는 자는 불행하다. 봉우리가 제 모습을 뽐내며 우람한 말들과 사연을 쏟아낼 때 묵묵히 사유하는 듯한 침묵의 고개가 나는 좋다. 옛사람들은 산을 올랐으나 꼭대기를 오르진 않았다. 산을 넘는다는 건 고개를 통해 다니는 것, 그들에게 산은 곧 고개였고 수많은 재였고 봉우리와 봉우리 사이였다. 등정이니 답파니 하는 유아적인 정상 놀이는 끝까지 가봐야만 알게 되는 경박한 현대의 인간이 세계를 대하는 태도인지도 모르겠다.

> "말은 가자 울고 임은 잡고 아니 놓네.
> 석양은 재를 넘고 갈 길은 천 리로다.
> 저 임아 가는 날 잡지 말고 지는 해를 잡아라."
>
> —작자 미상, '말은 가자 울고'-

나는 수풀 우거진 고개가 좋다. 높은 곳에 있지만 다투지 않고 애쓰지 않으면 닿을 수 없는 그 묵직함이 좋다. 오르기 위해 사람의 진을 빼야 하는 봉우리보다 마지막 힘을 남겨 놓고 오를 수 있는 그 석과불식頤果不食의 자리가 좋다. 젠체하는 인간들은 오를 수 없고 허약한 인간에겐 허락하지 않는 삶이 의인화된 형이상학이 좋다. 길이 인간의 모습을 하고 있다면 분명 온갖 사연과 낮은 욕시거리와 쓸데없는 농들을 다 들어주고 안아주는 품이 넓은 사람일 테다. 고개의 길은 오로지 넘어야만 살아갈 수 있는 세상의 잡놈들과 장삼이사張三李四들이 오가는 길이니 말이다. 바람과 안개와 구름은 또 어떤가, 그것들은 고갯길의 그 웅장한 매력에 푹 빠진 열성 팬처럼 늘 곁에서 불어 대고 흩날릴 것이니 날려서 사라지는 것들이 안식처럼 머무는 마루가 되기를 마다하지 않는다. 나는 큰아이의 이름에 고개를 뜻하는 '현峴'을, 둘째에겐 '들어라'는 의미의 '령聆'을 새겨 두었다.

높디높았던 고개들을 머리 위까지 올라가는 큰 배낭을 메고 올랐다. 축적 이만오천분의 일 지도를 배낭 허리춤에 끼고 고개들을 보고 또 보고 오르고 또 올랐던 날, 어지러운 등고선 위에 당당하게 제 이름들을 촘촘히 각인하고 하나의 생명같이 함께 걸었던 나의 고개들. 생명이 충만했던 그 고개들을 나는 잊지 못한다. 인류를 만들어 낸 세상 모든 아내들의 양쪽 젖가슴을 횡단하는 매혹의 생명길 사이에서 봉우리를 봉우리이게 하기 위해 자신을 움푹 파고든 여성과 같이 나의 고갯마루들을 사랑하리라. 살아내기 위해 고개를 넘어야 하는 지난하고 헐거운 생들의 어머니를.

석남재, 아랫재, 답운치, 추령, 이화령, 조령, 죽령, 구룡령, 마등령, 미시령. 불현듯 나의 고개들이 오늘 떠오른다. 지금은 이 고개들 밑으로 예외 없이 대형 터널이 뚫리고, 고개는 잘려 있겠지만 내 두 발로 걸었던 아름다운 이름의 고개들이 내 기억 속엔 여전히 이어져 있어 생각을 뚫고 저 밑에서 올라올 때 그들을 잊지 않으려 나는 급하게 쓴다.

지금은 없어진 이화령 고개에는 작은 휴게소 하나가 있었는데 묵밥이 기가 막혔다. 아랫재 샘물과 답운치 첫 계곡물은 이가 시릴 정도로 맑았다. 새벽 두 시의 눈 쌓인 미시령, 손가락에 난 피를 소심하게 묻힌 죽령의 섬돌은 잘 있을까. 도로가 쓸고 가기 전 구룡령에서 우리가 쏟아낸 환한 웃음들, 길 잃고 울고 불며 당도했던 석남재의 차가운 바람. 이들이 갑자기 내 기억으로 쫓아와 자신을 드러낸 사태를 보면 분명 지금 아파하거나 내가 보고 싶은 것일 텐데 어쩌나, 나는 지금 너희에게 가지 못한다.

그 여름, 설악가雪岳歌

저보다 큰 사십 킬로그램 배낭을 어깨에 둘러메고 상원사 적멸보궁으로 길을 잡은 오대 능선. 굵은 빗줄기와 함께 마신 라면 면발에 어쩌면 다시 밟지 못할 오대산 비로봉을 향해 힘을 내는 걸음걸음. 걸을수록 무겁고 무거워 산 아래로 꺼질 것만 같다가도 힘내라 내미는 손을 옳다구나 맞잡으며 너에게 가닿기 위한 내 마음이 들키기라도 한 듯 어느새 무거운 배낭을 잊고 쏜살같이 멀리 달아나는 소심함. 찌는 듯 무더운 여름이었지만 산 한 기운덴 수많은 나무들이 태양을 막아서고, 서늘해진 틈을 타 내리는 비에 이성이고 과학이고 철학이고 문학을 시부리지만 아, 우리는 끝내 항온 동물이었음을 깨닫는 데 걸리는 시간은 불과 삼십 분. 뚝뚝 떨어지는 체온을 서로 확인하며 내 뜨거움 한 사발 너에게 주고, 너의 차가움 한 숟갈 내게 가져와 마침내 견딘 저체온증.

구룡령 옛길을 건너 점봉산으로 들어설 때 한반도 원시림 사이를 걷는 신비로움. 끝까지 살고 살아서 이 길 걸었던 우리 이야기를 품고 대대로 얽히고설키고 푸르길. 하루를 그 품에 잤더니 사타구니 작은 혹이 생겨 사십 킬로 배낭이 육십 킬로로 느껴지던 때 '거 진드기다' 호기로운 선배님의 지나가는 말에 두려움과 원망이 생겨나 욕지거리 퍼붓는 상상을 하던 때 도저히 걸을 수 없어 큰맘 먹고 배낭을 내리고 살을 파내니 내 피를 먹고 무럭무럭 자란 진드기. 검붉은 피가 터지며 분노하는 중에 그래도 내 피붙이라는 생각이, 들 무렵 점봉에 올라서 너를 본다. 아득하지만 손에 잡힐 것 같고 눈앞에 보이지만 영영 가 닿을 수 없을 것만 같던 내 생애 첫 설악, 그때 그 잔상은 사실이어서 마흔 훌쩍 넘은 나이에도 꿈에서 너를 보고 눈물이 도르르 흐른다.

한계령을 올라서서 끝청에 이르는 그 가파른 길에 드디어 설악에 들어선 자의 접신인지, 온몸에 진이 빠져 탈진했던 나의 동기, 어린 여인. 며칠 전 내 이마에 체온을 확인하던 그 하얀 손은 맥이 풀려 속수무책으로 처져있고, 사지가 늘어뜨려진 모습. 설악이 살렸지. 설악의 나무와 풀들이 조그만 기를 보태고 보태어 살려냈을 거다. 덕분에 한여름 죽음의 산행은 중단되고, 모두 탈진한 내 동기를 걱정했지만, 나는 살신하여 산행을 중단시켜 준 그녀를 성인의 지위에 올려야 한다고. 내 안위만 생각하는 천둥벌거숭이를 벗어나지 못하고. 그제야 돌돌돌 천불동 흐르는 계곡 소리 들리고 죽음의 계곡 한 많은 전설도 귀에 들어온다. 설악골에 진을 치고 설악의 모든 바위들을 내 몸에 새길 때 장군봉 여섯 번째 피치에서 내려다보니 점으로 보이던 비선대. 내 종아리에 흉터로 남았고, 적벽 크로니길▲ 오버행▲▲에서 천지창조 그림에서나 보는 하늘을 거꾸로 나는 천사처럼 세상을 뒤집어 보는 담력을 얻어 고스란히 내 전완근이 됐고, 천화대▲▲▲ 왕관봉 하강에 자일에 쓸린 상처는 내 허벅지에 새겨졌

▲　　　　적벽을 오르는 바윗길 중 하나.

▲▲　　　수직 이상 각도의 바위. 앞으로 기울어져 있으므로 천정을 보듯 올라야 하는 어려운 구간.

▲▲▲　　외설악 설악골에서 시작해 공룡능선 천화대에 이르는 릿지 코스를 일반적으로 천화대길이라고 한다. 잦은바위골과 좌골 사이에 솟아있으며 바윗길이 거듭 이어져 산등성이의 능선에 이른다. 설악골에서 등반을 시작하면 왕관봉과 범봉을 지나 천화대에 이른다.

으니 나는 설악을 몸으로 받았던 것.

몸 섞는 일은 오직 사람과만 해야 할 일임을 뒤늦게 알았지만, 설악과 섞은 한 달간의 긴 허니문으로 만신창이가 된 내 몸을 살린 건 설악수퍼 탱크보이. 속초 시내 가는 버스를 기다리는 동안 설악수퍼 롯데삼강 둥근 얼굴이 그려진 아이스크림 냉장고에 코를 박으며 골랐던 배 맛 탱크보이. 이 세상 모든 배를 배에 실어 내게 보낸 듯 그 농축된 배의 달달함과 씹으면 아삭거리는 청량함에 한 달간 씻지 못한 내 몸 냄새도 더는 나지 않고, 디오게네스와 맞짱 뜰 것만 같은 넝마주이 때 묻은 옷가지도, 배낭 무게에 눌린 내 어깨 붉은 두 줄도 잊는 맛이여. 이 세상 가장 값진 500원이여.

굽이져 휜띠 두른 능선 길 따라,
달빛에 걸어가던 계곡의 여운을,
내 어이 잊으리오 꿈같은 산행을,
잘 있거라 설악아 내 다시 오리니.

저 멀리 능선 위에 철쭉꽃 필 적에,
너와 나 다정하게 손잡고 걷던 길,
내 어이 잊으리오, 꿈같은 산행을,
잘 있거라 설악아 내 다시 오리니.▲

그리운 지리산

오래전 여름, 지리산에 안긴 적이 있다. 구례에서 성삼재로 버스를 타고 올랐었다. 임걸령에서 텐트를 쳤고 선비샘에서 야영한 뒤 다시 장터목에서 하루를 잤으니 참 느긋한 걸음이었다. 그리워 안달했던 산이었다. 졸업반 중간고사를 앞두고 있었지만, 책을 펴면 벽소령과 세석 철쭉이 아른거렸다. 터질 듯한 허벅지가 도서관에서 방치되는 하루하루가 아깝고 조바심 났던 때였으니 마침내 지리산 능선에 올랐을 땐 한 걸음 한 걸음을 모조리 기억하겠다는 마음으로 씹어 걸었다. 만보漫步도 그런 만보가 없었다. 그해 지리산을 너무 깊이 흠향했던지 이후 꽤 오랫동안 다시 찾지 못했다. 지리를 잊은 사이 내 어머니가 돌아가셨고 내 다리도 부러졌다. 사랑하는 사람(그해 여름, 지리산을 함께 올랐던)과 결혼했고 전셋집을 세 번이나 옮기며 나를 닮은 아들과 딸 하나씩을 낳았다.

이듬해 나는 직장에 들어갔고 밥벌이에 정신없는 사이 딱 십 년이 훅하고 지났다. 겁나는 게 세월이요, 열린 문틈 사이로 고양이 지나는 찰나가 인생이라 했는가. 십 년을 제쳐 두고 어제 걷다 만 그 길을 다시 이어 붙여 가는 듯 내 모가지엔 선명한 주름이, 이런 나와는 무관하게 지리산은 아무렇지 않았다. 다만 장

▲   설악가, 고(故) 이정훈 작사/곡.

075

터목에 취사장이 새로 생겼고 내리막엔 데크가 깔렸고 때가 되면 입산과 산행을 통제하는 것이 조금 생소했을 뿐이다. 이 또한 인간이 만들어 낸 생소함이니 그때나 지금이나 이놈의 산은 얄밉게도 하니 변한 게 없다.

한때 지리산이 지겨운 적이 있었다. 산을 만난 이후로 지리산을 매년 걸었고, 한 달 내내 지리의 마루금을 잡고 놓지 않았던 적도 있었고, 어떤 때엔 일 년에 서너 번도 올랐으니, 토끼봉 오르는 계단 길이 지겨워 세지 않으면 안 됐었다. 세 개의 도都가 점 하나로 합일된다는 삼도봉 삼각점도 대수롭지 않았고 연하천에만 가면 끓여 먹게 되는 라면 맛이 한 가지였다. 그땐 몰랐었다. 그 지겨움을 이리도 그리워할 줄. 나는 그때 교만한 마음을 먹어 저 스스로 간절할 때까지는 얼씬하지 말라는 벌을 지리산으로부터 받은 게다. 소중한 건 함부로 해선 안 되는 것이었는데 그리 마음조차 먹어서도 안 되는 것이었는데 말이다.

10년이 지나 다시 찾은, 중산리의 밤은 아름다웠다. 몰랐던 후배들과 여물통▲에 라면 국물을 불어가며 마시는 사이, 잊었던 산가山歌를 희미한 기억으로 이어 붙이며 불러 젖히는 사이, 스펠에 찰랑이는 소주를 부딪치는 사이, 굴곡진 메트리스 사이에 고

▲   커다란 등산용 코펠을 이렇게 부르기도 한다.

인 물을 닦아내는 사이, 결국 우리는 같은 '코펠밥 먹는 사이'임을 확인한다. 이제 나는 안다. 산에서 일어나는 모든 사소한 일들은 그 어느 순간도 놓칠 수 없는 산이 주는 소중한 선물임을.

그러나, 백무동에서 천왕봉을 오르는 그 긴 길과 중산리 내려서는 미친 내리막길을 하루 만에 걷는 일은 만만치 않다. 2016년, 다시 3년 만에 찾은 지리산은 한 때 자신을 홀대한 만큼 나를 쉽게 용서하긴 싫었던 모양이다. 근데 아픈 허벅지가 왜 그리 기분 좋았는가. 허벅지를 잡고 다리를 절며 내 다시 오마, 하며 헤어졌던 그 길이 마지막이었다.

오래전 지리산을 바다 건너 타국에서 다시 열었더니 눈이 저절로 감기고, 눈을 감으니 오히려 선명해지는 그곳을 손으로 잡으려다 허망하게 허공만 잡고 만다. 아, 나의 지리산아! 느낌을 전달하지 못하는 느낌표가 야속하다. 나는 지금 너에게 가지 못한다.

산의 기억

백두대간 종주 때의 일이다. 황석산 직전에서 우리는 물이 바닥났다. 이미 체력은 고갈된 상태였고, 험난한 암릉 길과 기울어가는 해로 인해 계획된 목적지를 가지 못하고 벌재라는 곳에서 텐트를 치고 야영에 들어갔다.

그날 밤 한잠 자던 새벽, 아랫마을에 폭주족들이 벌재를 지나 국도를 시원하게 달리던 중 도롯가에 친 우리 텐트를 발견한다. 오토바이들은 쇼바 올렸고 마후라를 튜닝한 125cc VF. 지금은 골동품이시만 그 시절에는 빛나김의 상징이었다. 그런 폭주족 형님들의 레이더에 우리가 걸려든 것이다. 폭주족들이 우리 텐트를 돌며 소리쳤다. "야! 임마 텐트에서 나와. 그 안에서 뭐 하냐." 한참을 텐트 주위를 돌아도 반응이 없자 "새끼들이 안 나오네, 나와 봐라 이놈들아." 하고 고함은 잦아들 줄 몰랐다.

텐트 속 우리는 이미 깨서 한껏 졸아 있었지만 모두들 자는 척했다. 나는 자기 전 사과를 깎아 먹었던 칼을 머리맡에 살며시 두었다. 신경이 곤두섰다. 여차하는 일이 일어나지 않기를 바랄 뿐이다. 어떤 일이 있어도 대원들을 지켜야 하지 않겠는가. 그런데 자는 줄만 알았던 대장님께서 갑자기 정적을 깨며 내게 한 마디 던진다. "함 나가봐라."

겨울, 일본 중앙을 가로지르는 일본 북알프스 산악지대는 험하기로 유명하다. 오쿠호다카다케를 오르다 악천후를 만나 야리가다케 방향으로 틀어 등반하던 중 갑작스러운 눈 폭풍을 다시 만났다. 체력과 식량이 모두 떨어진 급박한 상황이었다. 설동▲

▲　　설사면의 눈을 파내 사람이 들어가 휴식을 취할 수 있을 만큼의 공간으로 만든 동굴.

을 파고 긴급하게 대피했다. 설동 안에서 기상을 걱정하며 앞으로의 일정을 의논하다 몸을 녹이기 위해 후배에게 버너를 피우라고 했다. "아, 뜨거!" 후배는 발갛게 데워진 버너에 손이 댄 모양이다. 이내 살갗이 붉게 부풀었다. 그걸 본 당시 대장님은 '눈에 대!'하고 소리 질렀고 버너 피우던 후배는 아픈 손가락을 자기 눈에 갖다 대면서 서럽게 울먹이며 문질렀다. 대장은 웃음과 고함이 동시에 나오며 외쳤다. "그 눈 말고, 저 눈!"

계절을 바꿔보자. 이번엔 여름, 묘봉에서 있었던 일이다. 모두들 강철 같은 의지로 시작했던 낙동정맥 종주의 초반이었다. 의지가 앞섰던지 한여름 작열하는 태양에 우리는 쉬 지쳐가고 있었다. 경북 최북단에 있는 면산과 묘봉의 거친 봉우리들을 하루 종일 온 힘을 다해 넘었다. 야영지를 잡고 여느 때와 다름없이 저녁 준비를 하고 있었는데 물을 구하러 갔던 세 명의 대원이 두 시간이 지나도록 소식이 없었다.

초조하던 차에 무전기로 날아든 급박한 수신, "행님, 아무리 댕기도 물이 없습니다. 근데예… 꽃사슴을 잡았습니다. 가져가까예?" 사슴을 놓아주고 이젠 모든 대원들이 물을 찾아 나섰다. 식수조와 조우한 뒤 1시간을 더 내려가서 헤매도 물은 없었다. 물길은 보이지 않고 물 냄새도 없었다. 물 찾으러 다니다 죽겠다 싶어 야영지로 철수했다. 더운 여름날 내리쬐는 태양 아래

엄청난 땀을 흘리며 걸었던 날, 물 없이 밤을 보낸다는 건 정말 환장하는 경험이었다. 모두가 마른침을 삼키던 그날 밤, 잠자던 중 어렴풋이 잠꼬대가 들렸다. 종주대원 중 꽃사슴을 잡았다던 선잠인 후배였다. "나므야… 물이 엄…가야…" 귀를 세우고 자세히 들어보았는데 후배의 잠꼬대가 내 마음을 후벼 팠다. "남구(1학년 신입생 후배)야, 여기 물 없다! 딴 데 가자!"

산에서는 늘 먹는 게 부족할 수밖에 없다. 설악산 동계훈련 때의 일이다. 겨울 무박으로 양폭 산장을 기점으로 공룡능선을 원점 회귀하기로 했다. 설상 종주를 대비해서 마등령을 향해 올라갔다. 그러나 눈은 거의 쌓여있지 않았고 눈길과 얼음에 신는 둔탁한 이중화 소리만 드르륵 드르륵거렸다. 대원들은 빨리 지쳐 갔고 산을 힘겹게 오르는 중이었다.

동계훈련 20일째였으니 체력은 바닥나고 지칠 때였다. 앞서 오르던 1학년 후배가 배고프고 힘들었던지 등산객이 깎아 먹고 버려놓은 흙 묻은 사과 껍질을 보고 환장을 하며 주저 없이 주워 단물을 빨아 먹었다. 그 모습을 뒤에서 지켜봤지만, 안타까울 뿐이었다. 그런데 1학년 후배는 혼자 먹기 뻘쭘했던지 뒤에 따라오는 한 학번 높은 여자 선배님께 큰손으로 정중히 사과 껍질을 권했다. "누님, 드시겠습니까?" 으레 한 대 쥐어박거나, 괜찮다는 말이 나와야 하는 상황이었다. 그 선배는 예쁘게 대답했다. "어, 고마워."

사과, 하니 생각나는 소름 돋는 일도 있다. 석골마을에 사과가 한창 무르익던 때였다. 한 입 베어 물은 사과는 단 꿀을 내 뿜으며 내 입속에서 자지러졌다. 그날 산행은 꽤 오래 걸렸다. 야간 산행까지 해야 할 참이었다. 급기야 야간산행을 하게 됐다. 10시쯤 되었을까, 칠흑 같은 밤에 앞서가던 후배가 갑자기 서더니 '형님! 사람 발소리가 앞에서 들립니다!' 이 밤에, 이 깊은 산에 사람이라니, 저 멀리 실제로 등산로에 형체 없이 발걸음 소리가 선명하게 들렸다. 온몸에 소름이 좌악 돋은 채로 힘주어 외쳐본다. "안…녕하…십니까?" 하는 순간 말없이 빨라지는 발소리에 우리는 혼비백산, 환장했다. 마침내 형체가 보이려던 순간, 소리는 더 빨라지면서 갑자기 후두둑 하더니 방향을 틀어 산 밑으로 내려가는 것이 아닌가. 그곳은 절벽이었다.

6 나, 혼산

혼자 산을 오른다. 눈을 감고 있으면 '바늘이 떨어지는 소리가 들릴 만큼 잔잔'한 침묵이 나를 감싼다. 혼자 산에 오르는 건 자신과 만나는 시간이다. 어둠을 통해 낮에 보지 못한 세계를 만나는 것과 같이 다른 세계로 접속해 들어가는 경험이다. 사람이 자기 생애를 되돌아보는 것은 아무 때나 할 수 있는 게 아니다. 그러니 방해하지 마라.

삶을 오르는 일

그날은 그리도 더웠다. 불현듯 그곳에 가고 싶었던 이유를 나는 아직 알지 못한다. 비바크를 마음먹고 해 질 녘에 출발하여 사위가 보이지 않을 때 홀로 오르기 시작했다. 오랜 기억의 끝을 잡고 가던 길이었으므로 긴가민가하며 걸었다. 더러는 확신에 차 걸었고 더러는 헤매었고 또 가던 길을 버리고 다시 돌아와 길을 찾느라 한참이 걸리기도 했다. 마침 가지고 온 랜턴 불빛이 희미해졌고 마지막 힘을 다하고 꺼져 버렸을 때 곧 있을 입관을 위해 파 놓은 구덩이 주위에 나는 있었다.

길을 잃어도 이런 곳에서 잃다니. 무덤가 옆을 동서남북으로 분주하게 다니며 땀으로 온몸이 젖는지도 모르고 초조하게 길을 찾아다녔다. 밤에, 산에서, 불빛 없이, 혼자, 파헤쳐진 무덤가를 허겁지겁 홀린 듯 뛰어다니는 모양새가 볼만하다. 지름길을 찾아 나선 탓이다. 반듯한 길로 오르지만 휘휘 둘러 가는 포장길을 걷기 싫었다. 포장된 길은 다리가 쑤시고 지루하다. 그 길을 버리고 산길로 들어섰다 봉변을 당한 것이다. 한 시간여를 발버둥 친 끝에 다시 한 시간 전 삼거리에 닿았다. 밤에, 혼자 한 시간여를 미친놈처럼 산을 헤매다 당도한 곳은 제자리였다.

온몸에 진이 빠졌지만 쉬지 않았다. 쉴까 했지만 쉬면 다시 집으로 돌아갈 것 같다는 생각이 스쳤다. 집으로 돌아갈까 했다. 호기롭게 홀로 나선 산행이었으므로 돌아갈 수 없었다. 제자리로 돌아온 걸 확인하곤 쉬지 않고 포장된 길로 들어섰고 한 시간여를 더 오른 끝에 기진하여 주저앉았다. 가만히 앉아 있어도 땀이 송골하게 맺히는 8월 중순의 습하고 더운 열대야였다. 달빛조차 없고 조용한 산 중턱에 혼자 앉아 있자니 모골이 송연하다. 두 눈이 야광처럼 번쩍하고 나타나 나를 쳐다보고 뒤로 물러선다. 살쾡이이기도 하고 삵 같기도 하다. 무서웠다. 내려갈까했다.

한참을 쉬고 일어서서 배낭을 메려는데 다리가 말을 듣지 않는다. 불과 두 달 전 북미 최고봉 정상을 밟고 왔지만 영취산에서 굴욕을 당한다. 오르리라 마음을 다잡는다. 걷다 맥진하고 맥진하며 걷고 기진하여 쉬기를 반복한다. 다 왔다 싶을 때 저만치 길은 휘어져 다시 오른 길만큼 이어지고 또 이어진다. 다 왔다는 기대를 단념했을 때 비로소 8부 능선의 조그만 중턱에 다다른다. 밤 12시가 넘어 도착했고 비바크 터 첫 바람이 휭 하고 불며 내 몸을 감았다. 저 멀리 불빛들이 울렁이며 직선과 굴곡을 만들며 거대한 생명처럼 씩씩거렸다. 소주 한 병을 들이켜고 오줌을 길게 싸고 철퍼덕 누웠더니 별이 얼굴로 쏟아진다. 매직아 이처럼 입체가 되어 나는 우주의 중간에 있다.

불과 몇 시간 산을 오르며 겪은 여정이 삶이라 생각했다. 발전하고 능력을 쫓고 때로는 밤을 받쳐 가며 내 삶을 위해 정진한다 생각하지만 오랫동안 헤매다 만나게 되는 길은 한 치도 나아가지 못한 제자리임을 우리는 맞닥뜨리게 된다. 지위가 올라가고 부를 축적하고 지식이 쌓여 어떤 일도 척척 해내고 어느 일에나 해결책을 가지게 되었다 생각하지만, 마침내 깨닫는 것은 아는 게 없다는 것을 알게 되는 일이다.

제자리의 허무함을 확인하는 일은 무지의 지다. 알지 못함을 깨닫는 것은 혹독한 일이지만, 드디어 앞으로 나아갈 수 있게 하는 축복이다. 그러나 알지 못한다 하여 알기 위한 노력을 하지 않는 것은 무지의 지까지도 도달할 수 없는 어리석음이다. 무지함을 알지 못하는 것이다. 그러니까 언제 어디서나 '안다'라고 떠들고 다니는 부끄러운 일이다. 자기검열 할 줄 모르는 인간은 위험하다.

사는 동안에는, 바꾸어 말해 죽을 때까지 우리는 기진하고 맥진하는 삶을 버릴 수 없다. 삶은 지치는 것이다. 지치지 않고 진이 빠지지 않으면 삶이 아니다. 죽은 것만이 지치지 않는다. 어쩔 수 없는 벽을 만나 힘이 들 것이고, 힘이 들어 움직일 수 없는 지경이 여러 해 계속 될 것이고, 답이 없고 희망도 없는 삶이 시시하고 지겨워질 때가 올 것이다. 틀림없이 그렇게 될 텐데 그때 내가 벌어진 일을 어떻게 마주하는가가 바로 나다. 왜냐하면 그때 대응하는 방식이 오로지 나의 법이기 때문이다. 내가 나의 법을 아는 것은 이래서 쉬운 일이 아니다. 엎어지고 되돌아가고 둘러 가지만, 그래서 결국 제자리로 돌아와 다시 시작해야 하는 무참함이 어깨를 누르지만, 삶의 기묘한 전진성은 우리를 외면

하지 않을지니. 나를 알게 되면 우주로 올라가 별을 섞어 낮술을 하게 될지도.

무명▲

밤에 혼자 걷는 산은 어둡고 고요한데 어두워서 길은 확실해진다. 고요해서 내 안은 소란하다. 달은 크지만 널리 비추지 않는 밤이다. 달과 얘기하고 싶어진다.

부산 금정산에는 무명이라는 이름의 바위가 있다. 그 바위를 악우들과 함께 오르기로 했다. 약속 시간은 다음날 아침이었지만, 산에서 홀로 밤을 지새우고 싶어 짐을 쌌다.

오늘은 많은 짐을 짊어지었다. 내딛는 왼발에 통증을 느낄 무렵 나비물터를 넘고 고개에 이르러 의상봉을 희미하게 보았다. 고개에 오르자 바람은 이 때다 싶었는지 세차게 불어온다. 자연스레 두 팔을 벌리고 무명 막영터를 향해 내달린다. 혼자서, 희미한 달에, 바람에, 오랜만에 안긴 금정산의 품은 아늑하다.

도시근교의 산에서 밤에 보는 야경은 경이롭다. 저 틈에서 내가 살아내고 있구나, 저 곳에서 꿈도 꾸겠지. 야생을 잃어버린 도시의 삶은 나에게 감흥을 주지 못해서 더 산에 가고 싶어지는 것인지도 모른다. 이왕가는 산에서는 하루라도 더 의탁해 내 안에 야생의 불씨가 그나마 있는지를 확인하고 싶어진다. 무명에 도착하여 목을 축이고 축인 목에 시원한 소주를 들이켠다.

미친 듯이 산에 다닐 때, 산이 뭔지도 모르고 다녔다. 그야말로 그냥 다니다가 어느 날 문득 그 때, 그 곳, 그 냄새가 산과 아무 상관도 없는 곳에서 내 마음속으로 질러 들어올 때, 갑자기 가슴은 먹먹해지고 '아…, 사무치는 게 이런 거구나.' 하고 머언 하늘을 보게 된다. 산을 사무치게 만들었던 그 냄새는 무명솔밭▲▲에서만 나는 별 냄새다. '무명', 이름도 마음에 든다. 그 존재에 토 달지 않겠다는 하심(下心)이요, 아니 온 듯 그냥 가는 산쟁이 마음 같아서 마음에 든다.

캐스케이드

그러니까 스무세 살 적, 오래전 얘기다. 그날 아침에 유난히 산새가 서라운드로 울어댔다. 유월의 밴프Banff▲▲▲는 아직 설경을 품고 있었다. 멀리 보이는 캐스캐이드산Mt. Cascade▲▲▲▲이 아득하게 보인다. 일어나자마자 객기가 발동하여 게스트하우스 주인

▲　　부산 금정산 지류인 의상봉에서 뻗은 바위 능선상의 암벽(릿지).
▲▲　　금정산 의상봉과 무명바위 사이에 소나무로 둘러싸인 8부 능선의 안부.
▲▲▲　　캐나다 서부 British Columbia주의 산악 도시.
▲▲▲▲　　3,000미터, 밴프에 위치한 산. 제스퍼 지역 로키 산맥에서 가장 높은 산.

에게 물었다. "이 도시에서 가장 높은 산이 어딘가?" 게스트하
우스의 주인장은 작은 동양인을 가소로운 듯 한 번 힐끗 쳐다보
곤 나를 창가로 데려간다. "저기, 보이니? 바로 저기란다. 높아,
아주 높지. 너 같은 사람은 감히 범접할 수 있는 곳이 아니지?"
우쭐대며 꼭 자신의 산인 양 손가락질을 해댄다. 어쩌겠는가,
순한 양처럼 고개만 천천히 끄덕였다. 아름다운 도시에서 세상
모르게 쉬려고 했었는데 너의 대사 한마디가 내 승부욕을 건드
렸어, 그리고는 조용히 말했다. '내 한번 올라주마.'

저 산을 오르려면 어디로 가야 하는가? 내가 물었다. 게스트 하
우스 주인은 조금은 귀찮은 듯 "진짜 가려는 건 아니지? 붉은
곰에 먹힐 수도 있어. 나도 오르지 못한 곳이야." 하며 묻는 말
에 대답하지 않고 자꾸 딴소리만 해댄다. 그래서 어디로 가면
산의 초입으로 붙을 수 있냐고 물으려다 됐고, 곧바로 짐을 챙
겨 인근 관광안내소로 향했다.

"캐스캐이드를 오르려 한다. 얼마나 걸리며, 지형이 어떤지 알
고 싶다. 혹시 구비된 지도가 있는가?" 안내소 안내원은 내가
묻는 말에 친절하게 답은 하지만 눈초리는 역시 곱지 않다. 입
산 신청을 굳이 받아야 한단다. 아침에 일어나자마자 괜한 말을
물어 오기가 생겼고 오기를 실천에 옮기자니 걸리는 게 많았다.
'산을 오르는데 뭐 이리 제약이 많은가?' 갈겨써서 던지듯 신청

서를 접수하니 우리로 치자면 국립공원관리공단 레인저 사무소에 들어가 산행경력, 준비된 장비, 비상간식 등 등산에 필요한 것들을 얼마나 구비하고 있는지 심문하듯 체크했고 쓰레기 등의 몇 가지 주의 사항을 알려주면서 '너 혼자냐? 갈 수 있겠냐?'를 묻는다. "돈 워리." 하고 안내소를 나왔다. 그러나, 안내소를 나오니 갑자기 막막했다. 저 친구들이 낯선 이방인을 괜히 걱정하진 않을 텐데, 뭔가 있는 건 아닌가? 하는 우려가 저 밑에서 올라왔다. 동네 뒷산이 아님에는 확실했다. 산꼭대기까지는 3천 미터였던 것이다.

산의 초입까지는 멀었고 아침에 일어나 느꼈던 아득함이 이제는 실제로 다가오기 시작한다. 두려움을 억누르고 큰 배낭을 메고 밝게 웃어 보이며 길가에서 엄지손가락을 들고 내리기를 여러 번, 히치하이킹으로 차 하나를 얻어 탄다. 그 차 주인과 나눈 대화는 기억나진 않지만 행운을 빌어 주었던 유일한 캐나다인이었다. 드디어 도착한 초입에서 배낭을 짊어졌는데 어디선가 횅한 바람이 불어왔다. 사람은 없었고 이제 더는 움직이지 않는 스키장 녹슨 슬로프 옆으로 난 길을 홀로 들어선다. 왠지 을씨년스러운 울창한 숲속을 사방을 보아가며 조심스레 걷기 시작했다.

한번도 오르지 못한 낯선 이국의 큰 산을 23살 청년의 객기만으로는 커버할 수 없었던지 쓸쓸함, 외로움, 두려움이 섞인 묘한 기분을 없애보려 애써 큰소리로 노래를 불러댄다. 미친 짓이었다. 곰을 부르는 짓인지도 모르고 말이다. 다행히 오르는 길에 곰이 나타나긴 않았다.

오르는 길은 길고 가팔랐고 지루했다. 한참을 올랐을까 캐스케이드산 북사면의 거벽이 나타났다. 그리고 히말라야 고산의 플라토plateau▲를 연상케 하는 넓은 초원이 펼쳐졌다. 아무도 없는 절대 침묵의 공간이었다. 오후 햇살이 느긋하게 내려앉은 해발 2천 미터의 아늑한 초원을 가로지르며 생각했다. '이 원시의 땅을 내가 감히 걸어가도 되는 걸까.' 알 수 없는 우주적 연기(緣起)가 나를 인도하여 여기까지 올 수 있었다만 아무도 없는 이 거대한 짐승의 등껍질 위를 걷고 있는 나는 마냥 엎드리고 싶은 마음뿐이다.

한참을 가로지른 초원 끝에는 큰 거벽이 버티고 있었다. 언젠가 산악 잡지에서 보았던 히말라야 자누 북벽의 모습을 하고 있다. 내 앞에 선 거벽에서 눈을 감고 나는 상상했다. 저 벽들의 정상에서 눈이 덕지덕지 묻은 옷을 입고 마치 웃는 듯 거칠게 호흡하며 정상에서 새어 나가지 않게 지르는 외마디 포효를.

다시 캐스케이드산의 정상부를 눈으로 확인하고 이제는 풀과 나무가 없는 설사면 길을 조심스레 재촉한다. 정상에 다다르는 기분이 들 즈음 눈앞에는 광활한 캐나다 로키산맥의 준봉들이 펼쳐진다. 매서운 바람에 내 푸른색 배낭의 끈들이 흩날리며 때리는 소리만 요란하다. 걸음이 더 이상 떨어지지 않을 때쯤, 대형 커니스Cornice▲▲를 서너 개 지나니 거짓말처럼 시야가 트인다.

아침 일찍 오른 산이건만 꽤 늦은 오후에서야 정상에 올랐다. 봉우리의 정상마다 신의 손이 내려앉아 있는 듯하다. 축복받은 장관이 나를 사로잡는다. 두어 평 남짓한 캐스캐이드산 정상에서 30여분 발을 뻗고 홀로 앉아 황홀경을 만끽한다. 내려가며 곰 만나 오줌 쌀 일▲▲▲만 남았다는 사실을, 더없이 여유로웠던 그땐 몰랐다.

오 나의 영혼아,
불멸의 삶을 갈망하지 말고 가능의 영역을
남김없이 다 살려고 노력하라.

- 핀다로스, 피티아 제전 우승자를 위한 송가 3 -

2장

붉은 등반

화강암에 뺨을 비비다

저 멀리 거대한 바위, 멀리서 보면 새로 빨아 다려놓은 욧잇 같은 화강암에 점이 움직인다. 태양 끝에서 버드뷰로 봐도 단연 선명하게 빛나는 한 점이 바위에서 반짝인다. 외롭게 바위를 오르는 등반가의 긴장된 육체가 천 길 낭떠러지 한중간에 매달려 있다.

경련하는 얼굴, 화강암에 비벼대는 뺨, 미세한 바위틈에 엄지발가락 끝이 미끄러질 듯 간당간당하게 걸린다. 동작을 옮길 때마다 엉덩이 이쪽에서 저쪽으로 출렁거리는 장비 부딪치는 소리가 삼엄하다. 추락의 두려움에 다리는 오토바이 타듯 저절로 떨린다. 아래는 천 길 낭떠러지다. 공포를 떨치려 이를 악물었다.

고함인지 기합인지 알 수 없는 외마디 포효와 함께 겨우 2센티미터 튀어나온 불안한 바위 홈을 잡고 힘을 준다. 손가락 끝을 움켜잡으니, 전완근이 갈라지고 손이 떨리는 중에도 온몸을 버틴다. 멀리서 보면 어쩌면 미켈란젤로가 기뻐했을지도 모를 자세지만 가까이에서 보면 살려는 몸부림이 이보다 갈급할 수 없다. 카메라 조리개를 확대한다. 무거운 바윗덩어리를 떠받드는 시시포스 같은 건장한 어깨, 화끈한 수축을 목말라하는 광배근, 움켜쥔 팔을 버티는 전완근, 흙투성이가 된 믿음직한 두 손, 추락과 오름의 갈림길에서 죽을 힘을 다해 천천히 다음 홀드를 잡는 등반가의 등판이 믿음직스럽다.

마침내 오른 거벽의 끝, 생존의 발버둥을 마친 자는 벼랑 끝에 앉아 다리를 엑스 자로 꼬고 팔을 모아 잡는다. 손톱을 비집고 흐르다 눌어붙은 검붉은 피, 손은 여전히 떨리고 있다. 멀리, 붉은 황혼이 대지를 오렌지빛으로 물들인다. 목덜미에 찰싹 들러붙은 머리카락이 늠름하다.

왜 오르는가에 관한 물음에 답을 찾으려 헤매는 건 헛수고일지 모른다. 등반가가 죽어라 기어오르는 그 시간 동안은 행위에 관한 어떠한 철학적 함의도 찾기 어렵다. 거개의 사람들이 하는 산을 왜 오르는지 모르겠다는 일반적인 생각에 이렇다 할 명확한 답을 댈 수 없는 건 그 행위를 뒷받침할 만한 근거나 이유가 없기 때문인지도 모른다. 논리도 기술도 통하지 않는 곳을 뚫고 나가기 위해서 일종의 본능을 동원해야 한다. 오른다는 행위는 사람의 생각과 철학이 사라진 자리다. 어쩌면 인간이 만들어 낸 고귀하고 깊은 종교와 높은 철학을 발아래 짓뭉개고 오로지 정직한 두 발만을 믿는 자리일 테다. 장딴지 미세 근육이 꿈틀거리며 철학을 비웃고 허벅지 대퇴사두근은 종교를 밟는다. 죽음의 공포를 무릅쓰고 가파른 절벽을 뚫고 오르는 사람들에겐 적어도 어지러운 인간의 교설이 침범할 수 없다는 점에서 등반가들은 높은 정신의 단련술사다.

그들을 말리지 마라. 열차가 정지하면 그것은 고철에 지나지 않듯, 등반가가 등반을 중지하면 그의 몸은 살덩어리에 지나지 않는다. 그때 그들의 삶은 썩어버릴 것임에 틀림없다. 생생한 공포, 사유가 사라지는 긴장감의 세계, 그것은 바위가 높고 위험할수록, 청빙이 푸르게 솟구쳐 있을수록 확연하다. 아마도 원시적 모험이 서식하는 곳은 거벽을 오르는 자들의 마음속인지 모른다.

그리하여 상상하라. 닭장 같은 아파트로 들어가는 대신, 도도한 차들의 물결을 건너 네모난 빌딩으로 들어가는 대신, 산과 강이 사람과 이야기하고 꽃과 나무가 같이 걷는 길을 상상하라. 어느 날 어느 순간 거벽의 한중간에서 아침을 맞고 있다고 상상하

라. 절벽에 걸터앉아 다리를 흔들거리며 보는 붉게 퍼진 노을을 상상하라. 높은 암벽에서 바람에 흔들리며 춤추는 자일을 상상하라. 거대한 바위와 외로운 봉우리 곁 홀로 빛나는 텐트의 불빛을 상상하라. 희붐한 새벽녘 초승달과 그 옆에 빛나는 샛별을 상상하라. 해발 팔천 미터에서 솟아오르는 붉은 태양을 상상하라. 그리고 솔 냄새를 맡으며 나무 사이를 뛰어노는 내 아들과 딸들을 상상하라. 눌어붙은 두개골을 빠개 시원한 바람과 맑은 계곡에다 꺼내 놓는 청량함을 상상하라. 풍욕 하는 뇌를 상상하라.

거벽을 오르다 시커멓게 타버린 얼굴, 부르터진 입술 사이로 하얀 치아를 내보이며 활짝 웃어주는 자일 파트너, 산 친구의 미소, 아무래도 산으로 가야겠다. 내 심장을 뛰게 만들기도 했지만 나를 때려눕히기도 했고, 나를 달뜨게 했지만 나를 쓰러뜨리기도 했던 산으로. 친구도 되어주었다가 범접할 수 없는 신성으로 엎드리게 만들기도 했던 그곳, 사랑했고 미워했고 동경했고 분노했던 붉은 바위로.

1 　혼자 싸우는 저세상 박진감

한동안 산에서 멀어졌었다. 처지에 전전하며 사는 동안 월급쟁이 정체성이 나를 덮쳤고 등산보다 업무 보고에 관심이 많았던 날들이었다. 내 삶의 물적 토대는 돈 안 되는 산에서, 돈이 나오는 직장으로 바뀐 것이다. 힘들게 오르는 산보다 처진 어깨와 약간의 피곤이 나의 동지가 됐다.

안주하던 어느 날, 어쩌다 내 손에 쥐어진 소설 《촐라체》를 두세 장 읽을 요량으로 앉았다. 한가한 일요일 점심 즈음에 생각없이 잡았는데 다 읽고 마지막 페이지를 덮으니 새벽이었다. 서서히 동트던 어스름한 푸른 시각, 내 안에 잠자던 주체할 수 없는 등반가 정체성도 울컥하고 솟아올랐다. 그리고 출근이라는 희대의 악성 해열제가 내 안에서 활활 타던 불같은 당황과 열정을, 솟아올랐을 때의 속도만큼 재빠르게 가라앉혔다. 인화성 짙은 운명은 피할 수 없다. 약발이 떨어진 틈을 타 퇴근길 동네에 있는 실내 클라이밍 짐에 호기롭게 등록하고 정통 알피니스트의 원대한 꿈을 다시 펼쳐보리라 다짐했던 것이다.

이 정도쯤이야 하고 여전히 남은 내 안에 촐라체 잔상을 무던히 떠올리며 인공 암벽의 홀드를 잡았다. "근력 운동을 좀 더 하셔야겠네요." 무리라던 강사님 말을 뿌리치고 처음부터 중급자 루트를 오르다 2미터 채 안 되는 지점에서 전완근에 펌핑▲이 왔다. 조신하게 똑, 떨어졌다. 촐라체의 당황과는 또 다른 당황이었다. 굵은 팔뚝에 힘줄이 선명한 젊은 강사님은 건조하고 매정하게 저기 저 홀드를 잡을 때까지 턱걸이 연습하셔야 한다며 그럴 줄 알았다는 듯 채근했다. 막무가내로 오를 수 있다며 고집 피우는 학생이 한심했는지 강사님은 두 손으로 눈과 얼굴을 비볐는데, 없던 쌍꺼풀이 진하게 생기는 바람에 무섭고 느끼했다.

아, 저 젊은 클라이머는 알 리 없다. 떠돌이 협객처럼 폭설 내리는 변방의 히말라야를 누비던 나의 날들을, 회한도 없이 장렬하

▲   격렬한 운동에 의해 근육에 산소 공급이 부족하여 젖산이 축적된 상태. 근육이 부풀어 오르며 힘이 빠진 상황.

게 전사할 요량으로 해발 8,600미터 힐러리 스텝▲을 밟고, 외로운 사냥꾼처럼 서늘하게 날 세워진 6,000미터 데날리 패스▲▲를 백야에 오르던 날들을, 광대무변한 북극의⋯. 아니다, 그만하자. 나는 인젠가처럼 처음부디 다시 시작해야 함을 직감했다. 한 달 회비 10만 원을 부끄럽게 내밀며 결재하고 겸연쩍게 뒷머리를 긁적였다. "자주 다니며 가르침을 받겠습니다. 잘 부탁드립니다."

에어컨 아래서 등반하기

실내 인공암벽은 전문 등반가들이 실제 자연 암벽의 어려운 코스를 번번이 실패하자 손가락 근력 훈련과 땅에서의 연습 방법으로 고안한 클라이밍 운동법이다. 큰 합판을 이어 붙이고 기울여 벽에 고정한 뒤 나무토막을 마치 바위의 홀드▲▲▲처럼 잘라 군데군데 못으로 박아 만든 것이 시작이었다. 이후 시간이 흐르며 훈련 방법은 발전되어 가상의 인공적인 암벽 수준으로 루트를 구현하며 규모를 키웠다. 홀드의 종류와 재질도 자연 바위에 가깝게 제작됐다.

인공암벽은 등반자의 수준별로 홀드를 붙이고 떼면서 운동 능력에 따라 난도를 조절할 수 있다. 자유자재의 루트를 세팅할 수 있는 가변성은 자연 암벽에 없는 인공 암벽만의 매력이었다. 점차 동호인을 거느리게 됐고 국제적인 규격과 규정도 생기며 독자적인 스포츠의 한 분야로 자리매김했다. 현재는 볼더링▲▲▲▲ 등반, 리드▲▲▲▲▲ 등반, 스피드 등반 등 세 개 분야로 분화되어 올림픽 정식 종목으로 채택되기에 이르렀는데, 특히 실내 클라이밍은 특별한 준비물이 필요 없고 전신 구석구석의 근력을 동시에 사용해 운동 효과가 상당하다. 또한 순간적인 힘과 지구력이 동시에 활용되고 유산소 운동의 효과까지 적절하게 섞인다. 신체 골고루 근력을 높이는 데 이만한 운동이 없다. 그뿐만 아니라 유연한 균형감각과 판단력이 길러지고 지속적으로 한다면 다이어트 효과에도 그만이다.

지난날, 캐나다 밴쿠버에 있던 'Cliff hanger'라는 거대한 클라

▲　　에베레스트 정상 직전 남동릉 8,600미터 지점에 있는 5~7미터 정도의 바위 벽. 에드먼드 힐러리가 세계최초로 이 벽을 돌파하여 정상에 선 뒤로 힐러리 스텝으로 불린다. 조심스레 추정컨대 힐러리 스텝은 아마도 힐러리와 함께 오른 셰르파, 텐징 노르게이가 먼저 돌파했을 거라 짐작한다. 정황과 증언을 토대로 하면 텐징 노르게이가 힐러리에 앞서 등반하며 정상부근에 도착했다고 알려져 있다.

▲▲　북미 최고봉 알래스카 데날리산의 마지막 캠프와 정상 사이에 있는 가장 길고 가파른 설벽.

▲▲▲　손으로 잡거나 발로 디더 올라갈 수 있는 바위 돌출부. 인공암벽에서는 마치 자연바위의 돌출부처럼 크고 작은 홀드를 인공적으로 만들어 붙여 놓는다.

▲▲▲▲　자일 없이 오를 수 있을 정도의 낮은 벽을 오르는 등반의 한 장르. 스포츠 클라이밍 경기에서는 지상에서 4미터 정도의 인공암벽을 로프 없이 오르는 경기 종목을 지칭.

▲▲▲▲▲　지상에서 15미터 높이의 인공암벽을 안전장치를 사용하여 오르는 스포츠 클라이밍 종목.

이밍 짐을 보고 눈이 뒤집혔던 적이 있다. 인공은 자연을 따라갈 수 없다지만, 거대한 화강암 지대를 에어컨 밑으로 옮겨놓은 규모에 입을 다물지 못했다. 시칠리아 디오니소스 바위 같은 큰 입구에 들어서자, 키다란 인공의 벽들이 그리스 신전처럼 도열해 있었다. 대서양을 향해 쭉 뻗은 에스파냐의 절벽에 수많은 자일이 벽에 수를 놓은 듯 코스별로 늘어뜨려져 있었다. 여기가 끝이겠지 생각하고 문을 열면, 올랄라 다시 거대한 벽들이 꿈처럼 나타났다.

형형색색의 홀드를 잡는 사람들은 하나같이 즐거웠는데 가장 큰 충격은, 사람들이 벽 앞에서 비장하지 않았다는 사실이다. 거지도 비만에 걸리는 나라가 캐나다라지만, 이곳 사람들은 행복을 몸에 두르고 태어난 듯했다. 바위 앞에선 이빨을 드러내지 말라는 한국의 산 선배님들의 가르침이 무색하게 허연 목을 꺾으며 호방하게 웃는 웃음과 여기저기 날아다니는 미소와 웃음이 그치지 않았다. 비장함이 뭔가, 그런 건 애초에 없는 세상이었다. 오로지 훈련에 임한다는 마음으로 엄숙하고 심각하게 오르던 암벽과 인공암장의 훈련이 오히려 여기선 이해할 수 없는 것들이 돼 가고 있었다. 근엄함이 사라진 등반은 즐거움 그 자체였다.

자주 들락거리면서 눈에 익은 캐나다 클라이머들과 서로 자일을 잡아주다가 등반 약속까지 하게 됐고 그렇게 자일로 연결된 파트너가 되어 친해졌다. 어느 날 그들에게 한국의 등산문화를 들려줬더니 거친 입바람을 불며 손을 흔들어 등 뒤로 넘기는 시늉을 했다. "bullshit." 이제야 하는 말이지만, 어학연수는 그날로 그만두고 나는 매일 Cliff hanger로 출석 체크를 했다. 당시 한국에 대중화된 클라이밍 짐이라는 개념이 없었던 때였으니 내겐 그런 파라다이스가 없었다.

마침내 내려칠 곳을 찾은 번개처럼 가슴은 뛰고 두 눈은 반짝거렸다. 역마살의 시작이었다. 캐나다 로키산맥의 스쿼미시, 밴프, 제스퍼, 북미대륙 서부 마을의 산과 들을 놀며 거대한 암벽을 걸인처럼 떠돌아다녔다. 관광객이 두고 간 바나나를 먹었고, 능선 길 산장 주변까지 일부러 올라 푸드 뱅크 나무 상자에 고이 모셔진 간식들을 도시락처럼 싸 짊어지고 구석구석 등반 여행을 했다. 풍찬노숙하며 돌아다닌 그때는 내 생애 가장 가난한 날들이었다. 그리고 가장 빛나는 날이었다. 때가 되어 개선장군처럼 멋지게 귀국했지만, 당연하게도 산에 다니느라, 목적했던 영어는 배운 게 없었다. 토익시험에는 산악 영어가 출제되지 않았으므로 서둘러 치른 토익 시험 점수는 형편없었다. 오히려 어학연수를 가기 전보다 못한 어이없는 점수를 받아 들고도 음흉한 역마살의 웃음은 끊이지 않았던 것이다.

몰두하며 등반을 하는 것은 이 세계에 대해 문을 닫는 것이며 신성한 경험이자 낯설고 놀라운 경험이다

-덕 로빈슨, '몽상가로서의 등반' 중에서-

그때 토익이라는 세상의 문법이 내게 전혀 먹혀들지 않았던 것과 마찬가지로 산을 오르는 등산가, 벽을 오르는 등반가의 심리는 일반적으로 여러 과정을 거치지 않고 직선으로 세계의 문을 닫는다. 세계는 맥 빠지는 단조로움에 질식하는 세상의 문법이었는데 내가 본 등반세계는 내 안에 문이 활짝 열리는 놀라운 경험이었다. 두근거렸다. 이제 앞으로 펼쳐질 순간들은 모두 저 세상 박진감으로 점철될 몰입만이 존재할 테니까.

나간 글을 데려오니, 느끼한 눈의 클라이밍 짐 강사님이 눈을 부라리며 지켜보고 있었다. 위대한 등반가 후손으로 정신을 무장한 뒤 예전의 실력을 되찾기 시작했다. 90°로 바로 선 벽면을 오르다가 앞으로 넘어질 듯 100°까지 기울어진 벽면으로 갔다. 가끔 몸이 뒤집어지는 오버행과 천정까지 기웃거렸다. 손가락과 전완근을 부르르 떨어가며 손에 잡히는 건 모두 잡고 간신히 오르던 것이 며칠 뒤엔 같은 색깔의 홀드만을 골라잡을 정도가 되었다. 커다란 홀드를 잡다가 손톱만 한 홀드를 잡는가 하면, 몸을 미세하게 이동시켜 닿을 듯 말 듯 한 지점에 있는 홀드를 잡기 위해 사지를 비틀었다. 떨어지지 않으려 사지를 쫙 뻗으면

스스로 늘어나는 다리와 팔이 신기하기도 했다.

머리맡에서 잡은 오른손 홀드를 버티며 다리를 찢어 올렸다. 손과 발을 하나의 홀드에 합쳐도 떨어지지 않고 버텼다. 옆 사람이 발뒤꿈치를 홀드에 살짝 걸고 당기는 힐 훅 기술로 오르는 걸 봤다. 소심하게 따라 하다 공중에서 고관절이 조여 오는 통증에 오르던 자세 그대로 떨어졌다. 뒷머리를 긁적이며 퇴장하기를 여러 차례, 이제 보기에 근사한 자세가 나오기 시작했다. 하나, 둘, 셋 마음속으로 외치고 벽을 박차고 뛰어올라 건너편 아주 먼 홀드를 잡으려다 벌러덩 나자빠지기도 했다. 인정욕구에 눈이 뒤집혀 크럭스[▲]가 아닌데도 쓸데없는 기합을 넣기도 했고, 칭찬에 목이 말라 초등학생들이 난립하는 벽에도 개의치 않고 일부러 그들과 어깨를 나란히 하며 필요 없는 승리감을 맛보곤 했다. 난도를 높여가기 시작하던 때 강사님이 흐뭇한 미소를 지으시며 조용히 불렀다. 내심 일취월장의 진보상과 격려를 예견했다.

"회원님, 유튜브 촬영합니다. 비켜주세요."

그렇다. 이제 자연의 암벽으로 달려갈 때가 된 것이다.

[▲]   암벽을 오르는 전체 구간 중 가장 어려운 부분.

실내 암벽등반, 클라이밍 GYM에 대한 가벼운 Q&A

— 클라이밍 짐은 혼자 가도 되나?

클라이밍은 혼자 하는 운동이다. 물론 여러 사람이 함께 이런 저런 조언을 해기며 하는 것도 도움이 되지만, 벽에 붙는 순간 각자도생이다. 클라이밍 짐에는 혼자서 운동하는 사람이 반이다. 이 세상에서 가장 소심한 사람도 눈치 보지 않고 할 수 있는 운동이 클라이밍이다. 하지만 장담하건대 갈 때 혼자 들어갔지만 나올 땐 클라이머 대가족을 동반하며 나올 것이니 높아진 자신감에 놀라지 마시라.

— 근력이 없어도 할 수 있나?

모든 초보자는 근력 없이 시작한다. 하다 보면 근력은 저절로 생긴다. 한 달만 하면 자글자글 갈라지는 매력적인 전완근을 선물로 받는다. 표면적으로는 근력 운동이지만, 본격적으로 들어가면 밸런스 운동 능력이 필수적이므로 꾸준히 하면 균형 잡힌 몸매를 선사한다. 짐 광고같이 덧붙인다. 필자는 클라이밍 짐을 운영하지도, 운영한 적도 없음을 밝힌다.

— 어떻게 하면 잘할 수 있나?

클라이밍의 왕도는 매달린 시간에 비례한다. 잘하려 한다면 꾸준히 그리고 오래 인공암벽에 매달려 클라이밍에 특화된 근육을 기르는 수밖에 없다. 더 잘하고 싶다면 턱걸이 운동이 도움이 된다. 클라이밍은 팔뚝의 전완근과 크고 작은 등 근육 활용이 높으므로 높은 수준의 클라이머가 되고 싶다면 등반연습용 캠퍼스 보드에 매달려 하는 손가락 턱걸이 훈련이 효과적이다. 단, 어깨와 손가락 부상을 조심하자. 이틀을 열심히 운동했다면 하루는 쉬자.

— 강사는 꼭 필요하나?

빠르게 등급을 올리고자 한다면 도움이 된다. 초보자의 경우 생소한 운동이므로 운동의 방법과 감을 익히는 데 도움이 된다. 어느 정도 기본을 알았다면 강사님의 도움 없이 스스로 이 문제 저 문제 풀어가며 자득해 나가는 기쁨을 알아가기를 권한다.

— 재미있나?

재미로 치자면 저세상 급이다. 운동의 묘미를 알아갈 때부터는 지나가다 빌딩만 봐도 등반 가능성을 따지기 시작한다. 심하면 자신의 아파트를 유심히 보면서 홀드와 스탠스▲를 밟아가며 상상등반을 시작한다. 더 심하면 저 멀리 산 중턱 바위만 봐도 가슴이 두근거린다. 처자식 팽개치고 에베레스트 가는 사람도 본 적 있다.

— 신체적 제약이 있나?

남녀노소, 키가 크건 작건 아무 제약 없이 누구나 할 수 있는 몇 안 되는 운동이다. 신체적 장애를 겪는 사람들을 위한 휠체어 등반용 홀드도 있으며 정신 질환을 겪는 사람에게도 특효가 되는 운동이니 이만한 운동이 없다. 다시 말하지만 나는 클라이밍 짐을 운영하지 않는다.

— 실제 자연암벽 등반도 할 수 있나?

처음부터 자연암벽을 타는 사람도 많다. 자연암벽, 인공암벽, 클라이밍 짐 등을 경험하고 배우는 순서는 따로 없다. 개인적으로는 자연암벽의 묘미를 경험하는 것을 권한다. 화강암에 맛을 들이면 클라이밍 짐의 홀드는 시시해진다. 그러나 클라이밍 짐에서의 운동은 자연암벽을

▲   홀드는 손으로 잡을 만한 부분, 스탠스는 발을 디딜 만한 부분을 말한다.

잘 오르는 데 큰 도움이 되므로 상호 보완적이다. 클라이밍 짐에서 운동한다면 강사님 또는 원장님께 자연암벽을 오를 수 있는지 여쭈어보자. 다양한 프로그램과 등산학교, 산악회 단체를 알려 주실 테다. 짐 자체적으로 프로그램을 진행하는 곳도 많으므로 자연 바위에 붙어 선량한 공포심을 느껴보자.

2 잡을 데가 없다

수직의 세계

에밀리오 코미치 디마이Emilio comici dimai(1901~1940)라는 이탈
리아 사내가 있었다. 그는 어릴 때 북부 이탈리아 알프스 돌로
미테 지역에 삼 형제처럼 사이좋게 우뚝 솟은 석회암봉▲ 중 치
마그란데의 아름다움에 빠졌었다. 훗날 청년이 되어서도 그 벽

▲ 거대한 수직 암봉 세 개가 나란히 있어서 트레 치메 디 라바레도(Tre Cime
di Lavaredo)라 부른다. 가운데 봉우리가 가장 크고 높은 치마 그란데(Cima
Grande, 2,999미터), 서봉은 치마 오베스트(Cima Obest, 2,972미터), 동봉은
가장 작다는 뜻의 치마 피콜로(Cima Picolo, 2,856미터)다. 이 세 암봉에는 한
스 듈퍼, 폴 프로이스, 에밀리오 코미치, 리카르도 카신 등 전설의 등반가들의
클래식 루트들이 산재해 있다. 그중 치마 그란데 북벽 루트는 1933년 최초로
등반된 코미치 루트로 실제로 등반해 보면 그 옛날에 도대체 어떻게 등반했는
지 혀를 내두를 정도로 난도가 높다.

을 마주했을 때 가슴 저 밑에서 올라오는 벅찬 감정을 억누를 수 없었다. 몇 번이고 보고 또 보며 생각하고 또 생각했다. 오르자, 그는 바위를 수직으로 오를 결심을 한다.

그러나 그가 계획한 수직의 등반은 바위의 홈이나 크랙을 따라 오르던 당시의 일반적인 등반 개념이 아니었다. 허공에 매달린 채 돌파해야 하는 구간이 많았으니, 하켄이나 확보 장비는 충분하지 않았고 대장간에서 만들어 쓰던 당시의 장비 품질은 형편없었다. 멀리서 볼 땐 아름다운 바위지만 그곳을 오르기로 마음먹은 자에겐 전인미답의 오지였고 추락과 죽음의 위협이 아가리를 벌린 난공불락의 거벽이었다. 열악하기 짝이 없는 장비와 많은 반대를 무릅쓰고 벽을 오르기 전, 그는 선언한다.

"정상에서 돌을 떨어뜨려 그어지는 선線이 내가 올라갈 루트다."

1933년 그는 돌로미테 치마그란데cima grande 북벽(2,998미터)을 일직선의 아름다운 등반선線을 그리며 2박 3일 만에 초등한다. 디렉티시마direttissima, 곧 직등주의直登主義의 탄생이다. 추락의 위험으로 아무도 오를 생각을 하지 않던 거벽을 그것도 일직선의 수직으로 오른 그의 등반에 당시 산악계는 입을 다물지 못했다. 그로 인해 등반 역사의 새 장이 열렸다.

그의 등반은 현대등반의 시초가 되며 동시대의 리카르도 카신, 훗날의 가스통 레뷔파, 발터 보나티, 로열 로빈스 등이 선보인 유럽 알프스, 미국 요세미티 등지에서 이뤄진 전위적 거벽 등반가들의 정신적 모태가 된다. 조금 더 나아가면, 등반 불길은 히말라야 거벽으로 옮겨붙어 라인홀트 매스너, 피터 보드맨과 조 태스커 등이 구현한 히말라얀 알파인 스타일, 즉 히말라야의 거벽을 속도 등반하며 셰르파 도움 없이 최소의 장비와 인원으로 최단기간 등반하는 방식으로 발전한다. 이는 기존의 등반 개념을 또 한 차례 뛰어넘는 사건이다. 극한에 극한을 더한 등반으로 인간의 한계를 최정점으로 끌어올리려는 시도였으니, 알피니즘은 '정상'에서 시작해 '더 어렵고 힘든 루트'로 이어지고 디렉티시마 직등주의와 히말라얀 알파인 스타일에까지 이른다.

여기에 더해 보이테크 쿠르티카는, 거벽을 오른 뒤 정상은 자신의 등반 목적이 아니었으므로 오르지 않는다고 선언하며 눈앞의 정상을 두고 하산해 버린다. 피크헌팅의 종말이다. 정상에 대한 단 하나의 미련조차 매정하게 끊어버린 일종의 구도적 등반은 알피니즘 진화進化의 정점이라 할 만하다. 오늘에 이른 등반은 고故 마크-앙드레 르클렉Marc-André Leclerc(1992~2018)▲에

▲ 캐나다 브리티시컬럼비아주 태생의 프리솔로 등반가. '완전한 처음'에 대한 모험을 알피니스트로 규정하며 로프 없이 홀로 거벽을 등반했던 알파인 스타일의 프리솔로 등반가다. 2018년 오랜 친구와 등반하고 하산 중에 유명을 달리했다. 그의 나이 26세였다.

도달한다. 그는 단 하나의 확보물도 없이 오로지 '오르는 능력'만으로 산을 대면하는 알파인 프리 솔로♠에 닿는다. 그것은 자연과 대등한 지위에 올려놓은 인간의 오만함이 아니다. 그의 등반은 자연의 경계로써 한 인간이, '등반하는 자유 인간'이 되어 도달한 자유로운 인간이다.

한 발짝 헛디디면 죽음이 아가리를 벌린 시커먼 낭떠러지에 매달린 등반가는 거벽의 중간에서 추락의 공포와 생사를 다툰다. 죽음 위에 있는 삶을 선택했으므로 기꺼이 몰락으로 돌진한다. 등반가는 강력한 벼랑의 언어를 가진 자들이다. 죽는 줄 알면서도 앞으로 나아가는 자들의 정신세계, 불확실과 생생한 공포감으로 넘쳐나는 진짜 삶으로 지평을 옮긴 인간이다. 문명화된 사회로부터 도피, 현금계산으로 점철된 세계에서 마지막까지 '인간'이길 원하는 호모 사피엔스다.

그러나, 그렇지만, 잡을 데가 없다.

매달린 벽에서 힘이 떨어지는 건 뜬 눈으로 얻어맞는 당혹스러움이다. 구름도 혀를 차며 지나간다. 어쩌다 떨어지지 않고 오르게 되면 계단을 허겁지겁 뛰어서 내려왔는데 삐끗하지 않은 발목 같은 행운이다.

'다섯 번째 동작에 오른손 가운뎃손가락', 부처가 검지를 지상에 조용히 닿게 하여 일체의 유혹에서 벗어나듯 바위에 욕 하나를 슬며시 끼워 넣는 것과 같이 가운뎃손가락을 집어넣는다. 포켓 홀드 신공. 모두가 저런 미친, 저건 후라이(허풍)이야, 웅성거리는 중에 무릎을 아래로 꺾으며 온몸을 비틀더니 절세 권법, 미켈란젤로 꺾기 비술을 먹이니 왕건이가 잡혔더라는 그날의 얘기는 이미 전설이 된 지 오래다. 입을 쩍 벌린 채 움직이지 못했던 등반가들 사이로 유유히 줄을 타고 내려온 그는, 그 어렵다는 '나만 바라봐' 루트를 온 사이트▲▲로 성공한 뒤 주먹을 쥔 채 징울음을 울었던 것이다.

'대의가 사라진 지 오랩니다. 신입회원을 보십시오. 화려했던 무훈이 하루아침에 사라지는 세상입니다. 근래 새로 들어오는 악우들은 시조새 부리처럼 휘어진 초밀착 레이저 암벽화를 신습니다. 오로지 팔심으로 오르는 시대는 끝났습니다. 대의가 사라진 세계에 밀착의 과학이 있습니다. 게다가 요새는 슬랩용,

---

직벽용, 거벽용까지 바위에 따라서 암벽화도 달리 신는 변조술이 대의입니다. 아무리 용이 하늘을 가르더라도 날렵한 고무신에겐 당하지 못합니다.'

그도 결국 혀를 차며 짐을 쌌다. 절간에서 중이 떠나듯 고개를 절레절레 흔들며 등반무공의 세계를 떠났다. '세 번째 볼트를 지나 일어섰지만, 잡을 데가 없더군.' 떠나야 할 때를 직감했던 것이다. 지난날, '나만 바라봐' 루트의 어려운 크럭스를 대천풍운의 우렁찬 기합 소리를 내지르며 돌파할 적에 사람들이 혀를 내 두르는 장면이 마치 흑백사진처럼 훅하고 지나간다.

그러던 어느 날, 진로이즈백이 돌아온 것처럼 그는 화려하게 다시 돌아왔고, 그의 왼손엔 최신 라 스포르티바La Sportiva▲ 암벽화가 손에 들려 있었다. 그것은 마치 칼집에서 눈부신 칼이 번쩍거리며 나오듯 배낭에서 천천히 나왔다. 마침내 모습을 드러냈을 땐 너벗한 칼집 소리가 징하고 울렸다. 마음을 고쳐먹었던 것이다. 5.9급▲▲에 지나지 않는 암벽을 오르려 십여 년 혹독하게 수련한 비브람▲▲▲ 권법을 버렸던가. 5.9급에 라 스포르티바라, 그것은 모기 잡으려 칼을 빼 드는 견문발검이요, 대한항공 비행기가 김해시 구산동 1902번길에 내리는 격이었다. 그렇지만, 발경의 조절에도 한계가 있는 법, 칼을 뺀다 한들 모기를 잡을 수 있을지 모를 일이었다. 그는 내심 나는 오를 수 있을 것인가, 쫄고 있었던 것이다.

그는 아픈 어깨를 잡고 지그시 눈을 감았다. 순간, 그 위로 순식간에 덮여진 검은 구름을 읽어냈으니 빗방울 하나가 그의 정수리에 똑 하고 떨어졌다. 놀라며 동그랗게 된 눈을 다시 떴다. '그토록 별렀건만, 물 먹은 바위에 붙으면 내 몸도 주르륵 물이 되어 흐를 테니, 오늘 바위는 걸렀구나. 대선진로大鮮眞露의 주신 디오니소스의 법을 따르기로 한다.' 사람들은 더는 말하지 않았지만, 그의 안구에 비친 안광을 보건대 그가 '쫄아' 있었음을 알 수 있었다. 눈썹의 높낮이, 실룩거리는 콧구멍, 비죽거리는 입이 '졸았으나 비가 와 다행이다.' 말하는 그의 마음을 알았던 것이다.

▲　　　이탈리아 암벽화 메이커로 중급자 이상의 고난도 암벽에 맞춰 제작된 고품질의 암벽화.

▲▲　　암벽 등반의 난도를 나타내는 등급 체계는 유럽식(프랑스)과 미국식이 있다. 유럽식은 프랑스 등급 체계로 1〜9b+까지 매겨져 있고, 미국식은 요세미티 십진법 등급 체계로 5.2〜5.15d까지 나눠진다. 흔히 5.9급(유럽식 6a)까지는 입문자 또는 초급 수준의 등반가들이 오를 수 있는 난도를 가지며 5.10a(6a+)부터는 본격적인 암벽등반 기술과 힘이 필요하다. 5.12a(7b) 이상은 상급자로 분류할 수 있으며 매우 어렵고 강력한 손가락 힘이 필요하다. 5.14a(8b+) 이상 등급의 바위를 오를 수 있다면 정상급이다. 프로페셔널의 경지로 볼 수 있으며 클라이밍에 집중된 체계적인 운동과 직업적으로 등반을 하는 선수들이 이 구간에 속한다.

▲▲▲　앞이 뭉툭한 전형적인 가죽 등산화. 등산화 밑창이 이탈리아 비브람사(社)에서 제작했다 하여 붙여진 고유명사.

그래도 그가 바위에 한 손으로 매달린 채 손을 허리 뒤춤으로 돌려 초크 가루를 묻혀 바른 뒤 후하고 불 때 하얗게 퍼지며 공중에 흩어지는 백색 가루는 아름다웠다.

맨몸으로 어디까지 올라가나, 알파인 스타일

알파인 스타일은 포터나 지원조의 도움 없이 고정캠프나 고정 로프를 사용하지 않고 산소기구 없이 베이스캠프에서 출발해 자력으로 정상까지 계속 밀어붙이는 등반 방식이다. UIAA(국제산악연맹, Union Internationale des Associations d'Alpinisme)는 알파인 스타일에 일정한 기준을 규정한다. 6명 이내여야 할 것. 등반 로프는 팀당 1~2동만을 사용할 것. 고정 로프는 사용하면 안 되며 다른 등반대가 설치한 루트 상의 고정 로프도 사용하지 말 것. 사전에 정찰등반이나 루트 파인딩을 하면 안 되고 포터나 지원조의 도움을 받지 않아야 하며, 산소 기구를 휴대하거나 사용해선 안 된다.

인류 최초로 히말라야 8,000미터급 봉우리 등반을 시도했던 저 유명한 앨버트 머메리는 1895년 낭가파르바트 등반 당시 거대한 빙벽, 디아미르 루트를 7,000미터까지 알파인 스타일로 등반했다. 그는 히말라얀 알파인 스타일(히말라야 고산+거벽+알파인 스타일)이라는 용어가 생겨나기 전에 이미 몸소 실행에 옮긴 최초의 인류였다. 그 한 몸에 등반의 역사가 들고 난 커다란 웅덩이다. 거의 모든 등반가들이 알프스 미답봉에 자기 발자국을 새기려 충혈돼 있던 때, 머메리는 더 어렵고 다양한 길, 'More Difficult Variation Route'을 천명한다. 곧 같은 봉우리를 더 어려운 루트로 오르며 등반가들의 전범이 된다. 그의 선언은 오늘날 산악인에게도 신앙과 같은 말이다. 등반가들에게 알피니즘이라는 철학적 이데올로기가 있다면 그 개념은 앨버트 머메리의 전위적 등반에 힘입은 바 크다.

3 　　　　길 없는 길

겨울이 왔다. 나무는 잎을 스스로 떨구고 한여름 힘차게 쏟아
지던 계곡물은 거대한 얼음 기둥이 되어 멈춰 섰다. 수직의 빙
벽은 아름답다. 가슴이 뛴다. 하지만 아름다운 빙벽을 감상하는
것과 오르는 일은 다른 이야기다.

손과 발에는 아이스바일▲과 아이젠▲▲을 착용하고 거대한 빙벽

▲　　　독일어 'Eisbeil', 빙벽 등반용 도끼 모양의 피켈, 영어권에서는 'Ice Axe'로 통용
　　　된다.
▲▲　　흔히 말하는 'Eisen'은 독일어 슈타이크 아이젠(Steig Eisen)의 약칭이다. 슈타
　　　이크는 오른다는 뜻이고 아이젠은 쇠라는 의미. 슈타이크 아이젠의 영어식
　　　단어는 크램폰(crampons)이다.

앞에 섰다. 빙벽화에 꼭 맞게 끼운 열두 발 아이젠에선 마치 아이언 맨이 하늘을 박차고 오를 때처럼 강력한 엔진의 화염이 나올 것만 같고, 두 손에 들려진 날카로운 도끼는 어벤져스 토르의 거대한 망치 같다. 온몸에 징비를 두르니, 순간 로봇이 된 느낌이다. 어색하게 걷기도 힘들 정도인데 이 상태로 수직의 빙벽을 오른다니 도무지 이해할 수 없는 일들의 연속이다. 빙벽등반 장비들은 하나같이 왜 그리 비싼지 빙벽 오를 엄두를 냈다 하더라도 비싼 장비에 또 한 차례 고개를 떨군다.

그러나 걱정할 것 없다. 산악인들은 장비를 잘 빌려준다. 후배, 입문자, 초보자에 대한 한없는 지원과 경험의 전수가 산악계의 미덕이다. 언젠가 닥칠 위험에서 자신을 살릴 사람을 공들여 키우는 건 당연한 일이다. 처음엔 빌려 쓰고 훗날 빙벽의 매력을 알 때쯤, 그러니까 수직의 빙벽 한가운데 제대로 먹힌 바일의 샤프트▲가 미세하게 흔들리고 아이젠이 얼음에 먹혀드는 기쁨을 알게 될 때, 자신의 장비를 구매하면 된다.▲▲

▲   바일의 몸통 부분.
▲▲   장비를 빌려 쓰는 대목은 조금 조심스럽다. 등반 사고 중 높은 확률로 발생되는 사례가 남이 쓰던 손에 익숙하지 않은 장비를 사용하다 온다. 또 생소한 파트너와 등반할 때는 등반 중에 약속되지 않은 언어 소통—에코, 신호, 상황별 호칭, 용어 등의 오해로 인한 사고가 빈번함을 잊지 말자.

처음 아이스바일로 얼음을 찍을 땐 때려 부수는 파괴 본능을 자극한다. 부서지는 얼음 파편과 함께 스트레스도 날아가는 듯하다. 다만 불과 5~6미터를 오르고 나면 전완근에 힘이 빠지며 손에 든 아이스바일은 천근만근이 된다. 발에 낀 아이젠은 마치 돌덩이를 매단 것 같다. 아이스바일이 무거워지는 순간 얼음을 타격하는 스윙은 거칠어지고, 빗나가고, 헛돈다. 바일을 휘두르는 것인지 내가 바일에 휘둘리는 것인지 분간할 수 없을 때, 얼음에 먹힌 아이젠을 믿을 수 없고 끝내 추락한다.

빙벽등반은 반드시 경험자와 함께해야 한다. 암벽과는 달리 길을 스스로 만들어가야 하므로 사전 교육과 기본적인 체력, 장비의 철저한 준비가 필수다. 그것이 빙벽등반의 가장 큰 매력이자 암벽등반과의 큰 차이다. 빙벽은 암벽과는 달리, 같은 코스를 오르더라도 등반자의 경험치에 따라 완전히 다른 동작과 움직임으로 오를 수 있다. 초보자가 엄청난 완력을 소모하며 빙벽을 깨부수듯 큰 스윙과 무리한 아이젠 킥으로 오른다면, 경험자는 아이젠을 살짝 걸치거나 아이스바일을 톡톡 두드리는 수준으로 오른다. 아, 어렵다, 어려워.

그러나 그런 것들은 중요하지 않다. 중요한 것은 한여름 시원하게 내리꽂히던 폭포를 수직으로 종단한다는 새로운 경험이며 산을 오르는 여러 가지 방식 중 하나를 체험으로 알게 된다는 사실이다. 힘겹게 빙벽을 다 오르고 나면 어떤 봉우리에 오른 것보다 뿌듯하다. 더군다나 대부분의 폭포는 지형상 산 중턱의 뻥 뚫린 시야를 선사할 뿐만 아니라 얼음이 얼지 않았다면 결코 볼 수 없는 풍광을 보여준다. 그러니 눈앞에 보이는 절경에 감탄할 수밖에.

없는 길 오르기

암벽을 오를 땐 오르는 루트의 이름이 어김없이 붙어 있다. 통상 처음 오른 사람이 이름을 짓거나 처음 길을 낸 사람인 암벽의 개척자가 코스의 이름을 명명한다. 빙벽에는 루트 이름이 없다. 그저 폭포의 이름만 있을 뿐이다.

사시사철 얼어있는 빙벽은 드물고 매해 겨울이 오면 폭포에서 떨어지는 물의 유량과 추위의 정도, 날씨에 따라 얼어있는 얼음의 형태나 빙질이 그때그때 달라진다. 그해 또는 그날의 빙벽은 오로지 그해 또는 그날의 빙벽으로만 존재한다. 간단히 말해 매번 달라지는 빙벽에는 정해진 길이 없는 것이다. 길이 없지만 없는 길을 새로 내며 올라가므로 또 그것은 길이다. 먼저 오른 사람의 길과 후등으로 오르는 사람의 길 또한 다르므로 오르는 사람마다 다른 길이고, 오르는 사람마다 없는 길을 만들며 오르므로 길이다. 길 없는 길이다.

내게 이런 빙벽의 아이러니, '길 없는 길'은 오랫동안 머릿속에서 떠나지 않던 화두였다. 알피니즘이라는 사유를 내 나름으로 풀 수 있는 열쇠 같았기 때문이다. 길 없는 길은 무승자박無繩自縛이다. 스스로 자기를 묶고 속박하면서 보이는 뻔한 길도 보지 못하는 역설이다. 그러나, 얄밉게도, 길은 애초에 없었다. 길이 있다 믿고 그 길을 따라가면서부터 삶은 불안으로 덮이기 시작했던 것이다. 세인들의 길, 그 경로의존성을 따르지 않았다면 삶을 이렇게 시시하지 않았을 테고 전전하며 살진 않았을 테다.

길 없는 길, 푸른 빙벽이 선물처럼 내 손에 꼭 쥐여 준 것은 그저 저스트 맨으로 사는 법이었다. 툭 놓아 버리면 성공도 없지만 몰락도 없다. 그저 자기 길을 가면 된다. 얼음 찍고 오를 때 무서워 다리가 벌벌 떨리지만, 디딘 발을 펴고 다시 한 스텝을 떼니 어느새 정상이지 않더냐.

몸을 X자(엑스 바디 등반법)로 맞춰가며 얼음을 야금야금 올랐고 이듬해 N자(엔 바디 등반법)로 좍좍 뻗어가며 오르는 법을 배우니 어라, 빙벽등반이 되는 것이 아닌가. 놀라웠다. 그때 보이는 빙벽은 이전의 빙벽이 아니었으니 이제 가을만 되면 가슴이 두근거리고 연장(바일, 아이젠)의 날을 칼갈이 아저씨처럼 예의를 다해서 등을 구부려 갈게 된다.

우리나라 설악산에는 토왕성폭포가 있다. 상단, 중단, 하단까지 합쳐 총연장 320미터에 이르는 국내 최장의 연폭連瀑이다. 화채봉에서 흘러와 칠성봉을 끼고 흐르다 맞은편 노적봉이 보이는 능선에서 벼락같이 수십 길을 내리꽂는다. 연중 유량이 많은 날이 많지 않지만, 유량이 많은 날 가까이서 보면 그 모습이 웅장하다. 겨울에 토왕이 얼면 370미터의 거대한 빙벽이 생겨난다. 어마어마한 높이와 까다로운 접근성, 상단 폭포의 높은 난도로 인해 등반 기술과 장비가 발전된 지금도 오르기 어려운 빙벽으로 알려져 있다. 토왕성폭포를 오르면 산악계 일진으로 등극한다. 남을 인정하기 싫어하는 우리나라 산악인들에게도 자신이 '토왕폭'을 등반했다고 하면 고개를 끄덕여 준다.

삼류로 점철된 내 인생에 등반까지 C급으로 마무리되려는지, 겨울 토왕을 오르려 무던히도 시도했었지만 토왕의 얼음을 한 번 찍어보지도 못하고 세월만 흐르고 있다. 한겨울 살을 에는 추위에 드디어 토왕에 오르는구나 하고 비룡폭포에 올라서면 갑자기 비가 내린다든지, 날을 받아놓고 연장을 갈며 이를 악물고 턱걸이 연습을 하는 중에 토왕폭 빙벽 사고 발생으로 등반금지와 등산로 폐쇄한다는 뉴스가 흘러나오고, 100년 만에 찾아온 이상기후로 따뜻한 겨울이 되어 빙질이 좋지 않다든지 하는 식이다. 내 쌓은 덕이 부족한 탓이겠다.

토왕을 오른 그대, 3대가 덕을 쌓아 오른 것임에 틀림없다. 스스로 자랑스러워해도 좋다. 비록 토왕을 오르지 못했지만, 알피니스트 축에만 끼워준다면 D급 알피니스트라도 나는 좋다.

4   K-Wall 개척

베트남 북부 하노이에서 다시 북동부, 차로 2시간 남짓 거리에 랑손Lang Son이라는 지방이 있다. 랑손에서도 다시 북동부 끄트머리로 가면, 석회암의 카르스트 지형이 감싸 안은 후룽Huu Lung▲ 마을이 나온다. 랑손성城 후룽현縣, 이 마을은 세계적으로 유명한 암벽 등반지임에도 베트남에서는 암벽등반을 즐기는 사람들이 많지 않아 등반 코스로 개척되지 못한 바위가 노다지로 널려 있는 곳이기도 하다.

▲   베트남어로 '흐으룽'이 보다 가까운 발음이겠으나 로마자 표기와 발음의 편의상 '후룽'으로 쓴다.

2014년, 장 발리Jean Valley를 비롯한 프랑스 등반가들은 이 석회암 바위 지대를 처음 발견했을 때 감탄을 금치 못했고, 현재 랑손 지역 대부분의 암벽을 직접 개척하기에 이른다. 나는 지역 당국과 최초 개척자들의 허락을 얻어 프랑스 등반가들이 힘에 부쳐 개척하지 못한 바위들을 개척했는데 2022년, 베트남에서의 첫 번째 코리안 루트가 탄생하는 순간이었다.

2022년 4월, 베트남 후룽에 처음 갔을 때 입이 다물어지지 않았다. 반지의 제왕 사우론 같은 바위가 여기도, 저기도 올랄라, 지천에 우뚝 솟아 있었다. 지구에서 가장 등반하기 좋은 곳이다. 미개척 암벽이 이렇게 많은 곳은 처음이었다. 이 나이에 피가 끓었다. 호곡장론好哭場論의 연암이 내 몸에 빙의한 듯 감탄하며 포효했었다.

그때 우리는 닭장에 입장권을 얻은 여우였다. 등반을 즐기면서도 연말에 개척할 바위를 눈여겨봐 놓았다. 이윽고 연말이 되어 이제 슬슬 움직여 볼까 하던 차에 베트남 하노이에서 실내 인공 암벽장을 운영하는 프랑스 등반가 장 발리의 개척 요청이 있었다. 때를 맞춘 기막힌 타이밍에 표정 관리를 하며 짐짓 몸을 풀고 견갑골을 위아래로 움직인다. 마지못해 들어가는 체했지만, 사실 지금 우리는 닭장에 들어가는 여우였다. 후룽 가는 날, 새벽같이 공항에 모인 우리는 웃음이 떠나질 않았다.

후롱의 바위들을 보는 순간, 내 몸에 각인된 산이 되살아났다. 그렇다, 나는 산으로 각인된 몸이었고 나를 보는 후롱의 암벽들도 내 몸이 새겨진 산이 되었다.

히말라야 눈밭에서 크레바스에 빠져 어깻죽지로 30여 분을 버텨 올라온 뒤 산을 증오했었다. 길 아닌 길에 들어서서 길을 내며 걷는 일을 천역으로 여겼다. 그 또한 오래된 일이 되어버렸다. 아 언제였던가, 산에서의 증오와 환희와 절망과 황홀은 내 삶에서 사라진 줄 알았다. 그러나, 코리안 루트를 내던 그날, 바위 크랙에 너트♠와 스토퍼♠♠를 찌르며 추락에 저항하고 만유인력에 반항하며 오르던 때, 그 모든 게 되살아났다.

드릴, 볼트, 너트, 사다리, 스카이 훅, 프렌드♠♠♠, 스토퍼 무수히 많은 장비들이 치이잉, 착, 후욱 소리를 내며 바위 밑, 첫 길 낼 준비를 마친다. 바위에 매달려 볼팅하는 동안은 잡념이 완전히 사라진다. 나를 추락에서 확보할 수 있는 것은 아무것도 없다는 생각이 들 때, 어설프게 걸린 스카이 훅♠♠♠♠은 개척 등반의 유일한 믿음이다. 그 어쩔 수 없고 피할 수 없는 '불안'을 걸고 바위에 대롱대롱 매달릴 때, 기분이 상당히 좋지 않지만 기분 나쁜 희열의 역설을 설명할 수는 없다. 사실 생각이 없어지므로 벽에 붙어 있을 때가 나는 좋다. 생각은 없어지고 오로지 살겠다는 집념과 오르겠다는 의지만 남은 존재의 종자 하나가 있을 뿐.

그때였다. 설치한 스카이훅이 빠지직 소리를 내더니 '핑' 소리를 내며 바위에서 빠진다. 나는 순식간에 떨어진다. 추락. 확보자▲▲▲▲▲의 경험 많은 확보가 아니었다면 아주, 많이, 추락했을 테다. 추락을 먹고, 바위에 볼팅▲▲▲▲▲▲ 하느라 흰 돌가루를 뒤집어쓰고 의욕은 상실됐지만 끝까지 오른다. 마지막 구간을 어렵사리 올라서 루트를 완성하고 하강했다. 바위에 매달려 줄 하나로 하강하며 오랜 시간 내 마음속에 웅크리며 자고 있던 바위의 울음소리를 나는 들었다. 내가 낸 길, 없는 길을 내어 가는 길, 길 내는 사람, 오 충분히 자랑스러워하라.

첫 루트 작업이 끝나자 해는 졌다. 시원한 맥주를 들이키니 돌가루가 씻겨 내려간다. 오후에 길 내는 모습을 본, 티보, 스위스

▲ 사각 너트 모양의 등반 확보물. 바위의 갈라진 틈에 끼워 넣어 등반자를 연결하여 추락할 경우 땅까지 떨어지는 것을 방지한다.

▲▲ '너트'를 미국에서 부르는 이름.

▲▲▲ 캠 훅의 일종으로 손잡이를 잡아당겨 끝을 좁게 만든 후 바위 틈에 넣으면 폭이 확 넓어지며 무게를 지탱한다. 크랙의 폭에 따라 다양하게 확보할 수 있게 만든 획기적인 확보물이다. 장비 이름이 '친구'인 이유는 129쪽에서 설명한다.

▲▲▲▲ 요세미티 거벽 등반을 위해 고안된 확보물. 바위 홈에 살짝 걸치는 방식의 확보물로 낚싯바늘 모양과 유사하다. 암벽 확보물 중 가장 불안한 확보물로 등반계에서도 훅을 쓰는 등반가는 갈 데까지 간 사람이라는 말을 하곤 한다.

▲▲▲▲▲ 등반하는 사람과 로프를 함께 묶어, 등반자의 추락이 큰 사고로 이어지지 않도록 대비하는 사람.

▲▲▲▲▲▲ 암벽 등반을 위해 자신의 확보물을 지지할 수 있게 하는 최초의 확보물인 볼트를 암벽용 드릴을 사용하여 설치하는 행위.

국적의 불어를 쓰는 33살 청년이 숙소▲로 돌아오는 우리를 크게 환영한다. 미국 텍사스주에서 온 등반가들은 작은 동양인에게 으레 지나듯 물었다. 그래 오늘 어디를 등반했나? 나는 나의 길을 올랐다고 답했다. 간지, 그들의 눈이 존경으로 바뀐다. 길을 개척하는 클라이머는 클라이머가 우러르는 클라이머다. 그들의 존경은 자신의 존재를 가능하게 하는 존재에 대한 선망이자 예의다. 그날, 우리가 낸 바윗길을 케이 월K-Wall로 명명했다. 물론 여기서의 'K'는 'Korean'이다.

모두가 피곤해 일찍 잠들 때 나는 여전히 흥분을 감추지 못하고 있었고 함께 했던 악우들과 밤새 마주 보며 앉아 얘기를 나눴다. 사는 얘기를 하다가 우리 산쟁이들은 결국, 4밀리미터 삐져나온 바위틈에 훅을 걸고 확보 봤던 얘기, 볼트 없는 길을 훅만으로 열 동작이나 전진했던 얘기, 먼저 간 악우들의 이야기, 전설의 등반가들을 앞에 두고 신과 같은 얘기를 나는 들었다. 자랑스러운 날의 밤은 이렇게 지나갔다. 나는 확신한다. 내 인생의 두 대학이 있었다면 여지없이 바위와 산이다.

▲　　후롱 지역에서 등반하는 사람들은 Mao's House라는 현지 홈스테이에 모두 모여 점심을 제외한 모든 숙식을 같이한다. 아침과 저녁은 모두 한 자리에 모여 식사하고 식사가 끝난 뒤 가벼운 술자리도 모두 함께한다. 이 또한 후롱의 근사한 문화다.

아름다운 후룽의 저녁, 집집마다 올라오는 밥 짓는 연기와 천진하게 인사하는 아이들이 보인 인류애에 감사한다. 일상에 돌아와 순식간에 적응을 마치고 눈을 감으니 후룽 시골길 푸짐한 소똥 가득한 길이 냄새를 더해 5D로 떠오른다. 아이들의 천진한 웃음이 후룽 마을과 오버랩 되며 아, 그곳이 천국이었나 싶은 것이다. 어깨가 아프다. 한동안 못 쓸 테지만, 코리안 루트의 개척으로 오랫동안 아픈 어깨가 자랑스러울 것 같다.

프렌드는 왜 프렌드일까

바위의 크랙 등반에서 등반가들이 가장 즐겨 쓰는 장비가 친구라는 뜻의 프렌드다. 프렌드는 등반용 자기 확보물인 캠의 일종이다. 캠은 SLCD(스프링 장착 캠 장치)의 줄임말이다. 캠은 스프링이 장착된 캠 로브를 사용하여 방아쇠처럼 당기고 펼 수 있도록 고안된 장치다. 이 캠의 또 다른 동의어가 1978년 Wild Country에서 판매하기 시작한 친구라는 뜻의 Friend다. 크랙 등반의 혁명이라 할 수 있는 이 장치로 인해 지구상 모든 바위의 크랙을 등반할 수 있게 됐다. 그런데 이 장치의 이름은 왜 '친구'일까?

프렌드는 미국 항공우주 엔지니어이자 등반가인 레이 쟈딘(Ray Jardine)이 1977년에 발명했다. 자신의 발명품을 출시하기 전 쟈딘은 장비 이름을 고심했다고 한다. 어느 날 쟈딘은 그의 친구 크리스 워커(Kris Walker)와 함께 자신의 집 근처인 'Split Rock'에서 자신이 개발한 혁신적인 장비인 캠을 테스트하기 위해 나갔다. 콜로라도주 외곽에 있는 레스토랑에 들러 식사를 하며 친구 워커에게 장비 이름을 무엇으로 지었으면 좋겠냐고 물었다.

워커는 이름에 대한 즉답을 피하고는 캠을 가리키며 말했다. "이름은 모르겠고, 그래서 오늘 우리는 이 '친구'들과 무엇을 하면 되는 거야? 이 '친구'들을 어떻게 테스트할 거야?"라고 되물었다. 쟈딘은 무릎을 쳤다. '옳거니! 고맙다 내 친구!' 이때부터 전 세계 모든 등반가들이 애용하는 이 상비의 이름은 '프렌드(Friend)'가 났다.

5 장비 발發 산악인

'그리벨'과 아이거 북벽

겨울, 얼어붙은 골짜기 폭포와 빙벽장에는 빙벽을 수놓는 등반가들의 힘찬 에코 소리가 울려 퍼진다. 붉은 방풍의 상의에 푸른 오버트라우저 하의, 저마다 독특한 브랜드의 패션에도 노란색으로 띠 두른 아이젠은 하나같이 '그리벨Grivel'이다. 우리가 흔히 부르는 아이젠▲은 슈타이크 아이젠Steig Eisen의 약칭이다. 독일어로 슈타이크는 오른다는 의미고 아이젠은 쇠라는 뜻이다. 영어로 크램폰Crampons, 이탈리아어로는 람뽀니Ramponi다. 국

▲   경사가 심한 얼음이나 단단한 설사면과 빙하지대를 오르내릴 때, 등산화 밑창에 부착하여 미끄러짐을 방지하는 금속제 장비.

내에서는 산악인들에 따라서 아이젠이라 말하기도 하고 크램 폰이라 부르기도 한다.

현대적 의미의 등반용 열 발 아이젠♠이 개발된 것은 1909년 영국인 오스카 에켄슈타인Oscar Eckenstein에 의해서다. 그가 디자인 했지만, 실제 제작을 의뢰했던 곳은 1818년부터 이탈리안 몽블랑 산기슭에 자리 잡고 농기구를 만들던 대장장이 앙리 그리벨Henry Grivel의 대장간이었다. 아이러니하게도 신발 바닥의 전면을 이용해 눈과 얼음을 자유자재로 찍고 다지며 오를 수 있었던 아이젠의 첫 출현은 너무나도 혁신적이어서 배척됐다. '목마를 타는 것 같은 장난질', '도깨비 발명품', '해악을 끼치는 쇠붙이'라고 조롱하고 냉소했다. 당시 산악계의 보수성에 혀를 내두르지만, 내심 이 장비의 기능에 놀란 영국 산악계는 인공적이고 문명의 이기를 사용하여 등산하는 것이 알피니즘 정신에 위배된다는 이유로 이단시했다. 그러나 더 높은 곳을 향하는 인간의 욕망을 누르진 못했다.

1929년, 앙리 그리벨Henry Grivel의 아들 로랑 그리벨Laurent Grivel이 마침내 등반의 대혁명이라 할 수 있는 열두 발 아이젠을 개발한다. 기존 열 발 아이젠에 앞발톱 2개를 붙여 고안됐는데 이 희대의 등산 장비, 열두 발 아이젠이 출현한 뒤로 알프스의 모든 등정 기록을 갈아 치우는 동시에 '북벽의 시대'가 열린다. 그

중 가장 유명한 일화가 1938년 난공불락의 알프스 거벽, 아이거 북벽[▲▲] 초등이다.

세 번째 아이스필드에 다가설 무렵에는 그들을 무섭게 추격하는 2인 1조의 등반팀을 발견한다. 안데를 헤크마이어와 루드비히 뵈르그로 구성된 독일팀이었다. 독일팀의 등반 속도는 경이로웠다. 처음엔 저 멀리 개미처럼 꾸물거리던 것이 얼마 지나지 않아 코앞까지 따라 붙었다. 하러와 카스파레크보다 하루나 늦게 출발했음에도 거의 쫓아온 것이다. 어떻게 가능했을까? 안데를 헤크마이어는 당시 두 개의 프런트 포인트가 추가된 열두 발 아이젠을 최초로 고안한 대장장이 그리벨이 만든 크램폰을 신고 있었다. 신발의 코 전면과 바닥 전체에 크고 긴 스파이크를 만들어 얼음과 눈을 자유자재로 찍어가며 마치 땅 위를 걸어가듯 갈 수 있게 고안되었다. 이 혁신적인 장비를 착용하고 유유히 그러나 전광석화의 속도로 올랐던 것이다. 지금은 보편화된 겨울철 워킹과 빙벽등반 필수 장비인 열두 발 크램폰이 등반사에 첫선을 보이던 장면이다.[▲▲▲]

[▲]　등산화 발바닥 부분의 쇠 스파이크 개수가 10개인 것.

[▲▲]　스위스 알프스 베르너 오버란트Bernese Oberland 산군의 그린발트 협곡에 위치한 아이거산의 북사면 벽이다. 수직 고도 1,800미터로 뻗은 사면에 눈과 얼음, 바위가 혼재한다.

[▲▲▲]　장재용, 《알피니스트》, 드루, 2024.

아이거 북벽은 당시 등반가들의 꿈이었다. 아이거 북벽을 도전하는 것만으로도 등반계 일진임을 반증하는 사건이었는데 너무도 많은 등반가들이 이 벽을 도전하다 유명을 달리했다. 거벽의 중간에 자일에 묶여 동사한 등반가의 시신을 거두지 못해 기괴하게 매달린 채 방치되기도 했던 이 벽은 수많은 사상자를 낸 끝에 1935년부터 당시 스위스 정부가 등반금지령을 내리기도 했다. 사람들은 역사상 가장 많은 산악인을 죽음으로 내몬 이 벽을 악마의 벽이라 불렀고 산악인들은 클라이머의 공동묘지라 부르기도 했다. 오늘날 유명 아웃도어 브랜드인 노스페이스는 아이거 북벽을 지칭한다.

열두 발 아이젠의 역사적 출현은 등반금지령이 풀린 1938년의 일이다. 당시만 해도 보편화되지 않았던 열두 발 아이젠을 신고 독일 팀 안델 헤크마이어와 루드비히 뵈르크가 초등 경쟁을 벌리던 오스트리아 팀보다 하루 늦게 출발했음에도 거침없는 속도로 따라붙었던 것이다. 마침내 독일 팀과 오스트리아 팀이 함께 등정하면서 알프스 3대 북벽 중 하나인 아이거 북벽을 초등한다. 이 등반을 계기로 그리벨의 아이젠은 등반계에 폭발적인 반향을 일으킨다

로랑 그리벨Laurent Grivel의 동생 아마토 그리벨Amato Grivel은 합금을 사용하여 강도를 높임과 동시에 무게를 줄인 더 얇고 가벼워

진 아이젠을 1936년 개발했으니, 훗날 이 아이젠을 사용한 등반대들이 히말라야 시대를 열며 에베레스트(세계 최고봉, 8,848미터), K2(세계2위 봉, 8,611미터), 칸첸중가(세계3위 봉, 8,586미터)를 차례로 등정한다. 열두 발 아이젠은 단단하고 경사가 심한 눈과 얼음의 수직 벽에서 스텝 커팅step cutting으로밖에 오를 수 없었던 열 발 아이젠의 한계를 완벽하게 극복했다. 수직의 빙벽에서 공중 부양하듯 설 수 있는 프런트 포인팅 기술이 없었다면 등반의 역사는 암울했을 테다.

현대적 아이젠 개량에 가장 공헌한 사람은 다음 장에 소개될 이본 쉬나드다. 그는 1967년 몸체가 하나로 합쳐진 일체형 리지드riged식 아이젠을 처음 고안했다. 이 획기적인 아이디어로 빙벽에 앞 두 발로 버티며 직립할 수 있게 되었다. 등산화에 맞도록 조절할 수 있게 만들었으므로 누구든 자기 발에 맞는 맞춤형 아이젠이 세상에 나오게 됐다. 추운 겨울 한국의 빙벽을 수놓는 등반가들의 발에 붙은 노란 아이젠이 이제야 눈에 들어온다. 지금 찰그랑 소리를 내며 장비 걸이에서 흔들리는 나의 아이젠은 저 유명한 '그리벨'이다. 200년 역사가 내 발을 지탱하고 있다.

대장장이 산악인, 리카르도 카신의 '카신'

등반을 하다보면 생소한 장비 브랜드를 자주 목격한다. 어느 날 자연 암벽에서 아름다운 춤사위로 오르고 있는 나이 지긋하신 분을 넋 놓고 본 적이 있다. 머리도 희끗하시고 눈가 주름도 멋지게 뻗어 있어 예순은 훨씬 넘어 보였지만, 젊은 사람도 오르기 힘든 5.12급의 고난도 루트를 가뿐히 오르는 걸 보곤 그저 '아.' 하고 입만 벌리고 있었다. 제2의 건치까지 보이며 환하게 웃는 미소가 인상적인 어르신이었는데 그의 낡은 하네스▲에 'CASSIN'이라는 글자가 커다랗게 새겨져 있었다. 의뭉스러운 표정으로 한동안 그의 하네스를 바라봤지만, 그러려니 넘겼고 '카신▲▲'은 이내 잊혀졌다. 그 기억을 다시 소환한 건 리카르도 카신의 책▲▲▲을 읽고 나서다.

1930년대의 10년은 북벽의 시대였다. 유럽 알프스 3대 북벽 마터호른 북벽 4,477미터, 그랑드조라스 북벽 4,208미터, 아이거 북벽 3,970미터 중 처음으로 등반된 벽은 마터호른 북벽이다. 1931년 독일 슈미트 형제(프란츠 & 토니)에 의해 초등 된다. 이후 1938년 7월 악마의 벽으로 불리던 아이거 북벽이 오스트리아-독일 연합팀에 의해 초등 됐고 같은 해 마지막으로 남아 있던 그랑드조라스 북벽 워커스퍼Walker Spur 루트 등반으로 신화로만 존재하던 북벽들이 인간의 발을 받아들이게 된다. 그중 그랑드조라스 북벽 초등의 주인공은 이탈리아 신예 산악인이었던 리카르도 카신(1909~2009)이다. 카신은 등반가로 태어났으며, 등반가로 살았고 등반가로 늙어가다 등반가로 죽었다. 이 짧은 한 문장이 얼마나 힘든 일인 줄은 등반가들은 알 테다. 한

번 등반가가 되는 것은 가능하지만 잔인한 현금계산의 세계에서 등반가로 늙어가는 것은 진정 어렵다.

제대로 교육을 받지 못한 카신은 그의 나이 12세 때부터 대장간에서 일했고 17세에는 철강 공장에서 일했다. 산에 매료된 이후에는 어릴 때부터 능숙했던 제련 기술로 등반에 필요한 장비를 스스로 제작해서 썼다. 1947년 피톤▲▲▲▲을 생산하고, 이듬해 아이스 해머▲▲▲▲▲를, 그 이듬해에는 아이스 피켈을 처음으로 고안하며 등반가들 사이에서 카신이라는 브랜드를 알려 나갔다.

브랜드를 키우면서도 그의 전위적인 등반은 계속되었다. 지천명의 나이에 오른 1961년 북미 대륙 알래스카의 최고봉 데날

▲   등반용 안전벨트.
▲▲   외래어 표기법으로는 '캐신'이나, 카신이라고 더 많이 불린다.
▲▲▲   리카르도 카신의 자전적 전기로 원제는 《50 Years of Alpinism》이다. 한국어
          판 제목은 《리카르도 캐신》으로 하루재클럽에서 김영도 번역으로 출간되었다.
          고(故) 김영도 선생은 그의 마지막 번역서로 이 책을 택했는데 이탈리아 산악
          계 대부의 전기를 한국 산악계의 대부가 번역한 아름다운 일이다.
▲▲▲▲   마터호른 북벽 4,477미터, 그랑드조라스 북벽 4,208미터, 아이거 북벽 3,970
          미터.
▲▲▲▲▲   바위틈에 망치로 박아 고정하는 등반 확보물, 독일어 하켄.

리의 사우스 버트레스buttress[▲]를 오른 일은 여전히 전설적인 등반이다. 데날리 남쪽 사면[▲▲]은 북미 최고봉에 이르는 가장 악명 높은 미등 루트였다. 카신은 이 등반대의 대장으로 참여하며 성공적인 등정을 이끌었다. 사람들은 그 길을 카신 릿지Cassin Ridge[▲▲▲]로 명명하며 여전히 그의 불멸의 등반을 기리고 있다.

이후로도 그의 열정은 사그라지지 않았다. 카신 릿지 개척 후 히말라야 3대 남벽이자 가장 어려운 거벽으로 손꼽히는 로체 남벽에 도전한다. 그때가 1975년이었으니 그의 나이 예순여섯이었다. 비록 실패했지만, 그의 도전은 당시 전 세계 젊은 산악인들의 뒤통수를 때린 선진 등반이었다.

카신이 평생 일군 등반 장비 브랜드 카신은 유럽을 대표하는 장비 회사였다. 1997년 등반 장비 회사인 CAMP가 인수하기 전까지 품질과 전통에서 따라올 브랜드가 없었다. 산에 진심인 자가 만드는 장비였으니, 사람들은 리카르도 카신의 영혼이 담긴 등산 장비를 사랑했다.

"산악인은 선원이나 시인처럼 태어나는 것이지 만들어지는 것이 아니다."[▲▲▲▲] 카신은 자신의 전기에서 '나는 산악인을 선원과 시인에 비유했다. 나 자신은 책벌레가 아니며 시도 읽은 적이 별로 없지만, 시인이 잿빛 일상에서 강력한 상상력이 창조하는 세계로 탈출하려 한다는 것을 잘 안다. 시에 대한 공감 없이는 산악인이 산과 대결하거나 선원이 바다와 대결할 수 없다.'고 말하며 산과 시를 연결한 대목이 있다. 그 이전에 카신이 토레 트리에스테Torre Trieste 동남릉을 오르고 돌아오자, 그에게 악수를 청한 어떤 산악인이 이렇게 말했다고 한다. "저 700미터의 암벽 위에 당신은 시를 남겼소"▲▲▲▲▲ 시는 시인이 쓰는 무엇이 아니라 스스로 찾아오는 것이다. 시인은 다만 찾아온 그것을 '따라 말하는 것'일 뿐인데 시는 시인이 될 만한 사람을 찾아 그 사람을 종으로 쓴다는 말이겠다.

그림, 노래, 글이 그렇고 모든 예술이 그렇다. 등반가도 마찬가지여서 산을 오르는 사람이 등반가가 아니라 산이 찾아낸 사람이 등반가다. 산 오르는 일은 아무짝에도 쓸모없는 것이다. 이것을

▲　　능선이나 산 정상을 지지하듯이 죽 솟아오른 거대한 바위.

▲▲　　대체로 북반구에 위치한 산의 남쪽 사면은 일조량으로 인해 적설량이 적어 바위가 그대로 드러나 오르기 힘들다.

▲▲▲　　골짜기와 골짜기 사이 산등성이의 능선을 릿지로 정의한다. 등반용어로써 릿지는 바위로 이루어진 능선으로 바위와 바위가 거듭 이어져 산의 주능선까지 닿는 지류 능선을 말한다.

▲▲▲▲　　알듯 말듯 한 이 말을 원로 산악인 김영도는 "선원이 될 운명을 타고난 사람은 설사 주위가 모두 산으로 둘러싸인 곳에서 자란다 해도 항구와 만나는 순간 내재되어 있던 잠재적 열정이 폭발해 버리듯, 산에 오를 운명을 타고난 사람 역시 그러하다."고 해석한다.

▲▲▲▲▲　　심산, 《마운틴 오디세이》, 바다출판사, 2014.

잘 알면서도 오르지 않고는 못 견디는 사람들이 등반가들이다.

카신이 말한 것처럼 시와 등반은 닮았다. 시 쓰는 건 삶에 무용한 일이지만, 시를 쓰지 않고는 못 견디는 표현 욕구를 옛사람들은 기양技癢이라 불렀다. '양'은 가렵다는 뜻인데 아무리 긁어도 가시지 않는 가려움이다. 시인에게 붙어 진기를 소모하게 하고 허구한 날 시구의 조탁에 힘 쏟게 하는 것, 그 알 수 없는 것을 옛사람들은 시마詩魔라고 불렀다. '시의 귀신'이 달라붙은 것이다. 그것과 같이 등반가의 몸에 산의 귀신이 달라붙으면 어쩔수가 없다.

죽을 때까지 산악인으로 살았던 카신의 삶은 한 편의 시였다. 과감한 생략 뒤에는 반전의 도약이 있고 행간의 깊은 잠행으로 그의 운명은 아름다웠다. 그는 산악인 정체성을 단 한 번도 의심한 적이 없었던 산악인이었다. 오늘도 북한산 인수봉 슬랩에는 CASSIN의 하네스를 차고 CASSIN의 카라비너를 걸고 오를 채비를 끝낸 산악인이 바위 밑에서 힘차게 포효한다. '출발'

지구가 유일한 주주, 이본 쉬나드의 '파타고니아'
유럽대륙의 대장장이 산악인이 카신이었다면 북미대륙의 대장장이 산악인은 이본 쉬나드다. 두 산악인은 닮은 데가 많다. 장비를 직접 만들어 쓴 산악인으로 유명하고 자신이 운영하는 장비 회사가 크게 번창했으며 동시대 산악인들로부터 전위적인 등반으로 존경받았다. 무엇보다 얼굴 생김새까지 닮았다.

이본 쉬나드(1938~)는 아웃도어 의류회사로 알려진 파타고니아Patagonia의 창업주다. 그는 2022년 9월 '지구가 우리의 유일한 주주Earth is now our only shareholder'라는 공개편지를 통해 자신과 가족이 보유한 회사 지분을 기후변화 저지를 위해 헌신하는 자선재단과 비영리 단체에 넘겼다. 모두 4조 원 규모다. 어느 선량한 기업가의 통 큰 기부로 박수치고 넘어갈 수 있지만, 수익의 일부 또는 지분의 일부가 아니라 지구를 지키기 위해 회사를 통째로 넘긴 최초의 사건이다.

나는 그의 행위가 돈의 세상에서 진흙탕 삶을 사는 치열한 싸움에서 승리한 한 인간이자, 등반가의 모습을 읽는다. 일찍이 칼 마르크스가 자본주의 생산양식이 지배하는 사회에서 부를 거머쥔 자본가 또한 '자본'이라는 거대한 운동체가 벌이는 자본축적 운동의 인격화된 모습일 뿐이라 말했을 때 이 세상 누구도 그 야만적 운동을 넘어서거나 이길 수 없음을 예언처럼 그의 책 《자본Das Kapital》에 적시했다. 쉬나드는 누구도 헤어날 수 없는 자본축적 운동에서 삶 전체를 툭 하고 놓아버리며 보기 좋게 승리한다.

"소수의 부유한 사람들과 다수의 가난한 사람들로 귀결되는 자본주의가 아닌 새로운 형태의 자본주의를 만드는 데 파타고니아의 방식이 도움이 되길 바란다." 그는 자유로운 사람이 됐다. 비록 자본기의 삶이 그의 정체성 중에 하나였지만, 자본이 세계를 지배하는 노예적 삶에서 '내 목표는 돈이 아니라 아름다운 지구를 살리는 일'임을 천명하며 자본과 싸워 이긴 것이다. 가셔브룸 4봉 서벽을 돌파한 뒤 정상을 코앞에 두고 '우리의 목표는 서벽이었지 정상이 아니었다.'고 말하며 홀연히 돌아선 보이테크 쿠르티카와 수조 원에 이르는 황금을 돌같이 여긴 쉬나드는 같은 맥락이 닿아 있는 알피니스트의 이데아다.

재활용 종이로 만든 카탈로그, 상품 포장 최소화, 유기농 면 전면 사용, 1980년에는 업계 최초로 연수익의 10%를 환경 기부 earth tax▲했고 1980년대에 이미 사원들을 위한 사내 보육시설을 열었다. 캘리포니아 벤투라의 파도가 좋은 날이면 사무실이 텅비어도 좋으니 서핑 가라고 등 떠미는 회사▲▲. 그가 설립하고 세계적인 회사로 키워낸 회사의 경영철학도 좋지만, 나는 그를 산쟁이로서 존경한다.

▲　　　당시 '이 재킷이 필요하지 않다면 사지 마라'는 반기업 마케팅은 유명한 일화로 남아있다.

▲▲　　2005년 발간된 그의 경영철학서 제목은 '직원들에게 서핑을 허락하라(Let My People Go Surfing)'다.

그는 엄밀하게 따져 1920년대 피크 헌팅 세태를 일갈하며 더 어렵고 다양한 길, 'More Difficult Variation Route'를 주장했던 전설의 산악인, 앨버트 머메리의 현대적 적자嫡子다. 머메리가 그랬던 것처럼 쉬나드의 산악 철학은 늘 고도altitude가 아니라 태도attitude였다. 그가 부탄 히말라야 6천 미터급 봉우리를 전 세계에서 처음 오른 뒤 자신의 발자취를 제거했을 때 사람들은 의아해했다. 그는 루트 개념도를 찢으며 말했다. "다음에 오르는 사람도 초등자의 기쁨을 만끽할 수 있어야 한다."

그는 유난히 한국 산악계와 인연이 깊은 산악인이기도 하다. 캐나다 이민자 출신으로 산에 죽고 못 살던 쉬나드는 1960년대 주한미군으로 2년 근무한 적이 있다. 산쟁이 열정이 어디 가겠는가. 그가 마주한 것은 한국전쟁 이후 미8군이 주둔하며 목격한 한국의 사회, 문화가 아니라 거대한 북한산 인수봉이었다.

북한산을 보자마자 아름다운 슬랩과 노다지 미개척 등반 루트가 그의 눈에 매직아이처럼 떠올랐다. 그는 인수봉에 매료됐다. 그는 인수봉을 오르기 위해 갖은 핑계와 술수를 써서 상급 지휘관의 허락을 얻어낸다. 전언에 의하면 그가 받은 건 허락과 승인이 아닌 아반도주였다. 달영하듯 무단으로 영내를 빠져나와 등반했는데 각종 징계와 근신을 당하면서도 끝내 서울의 바위들을 모두 섭렵했다고 한다. 주한 미군의 신분으로 도봉산 선인

봉 박쥐길을 초등하고, 전설의 인수봉 쉬나드A길, 쉬나드B길을 개척했다. 손재주가 유달리 좋아 서울 쌍림동 대장간에서 등반 장비를 손수 만들어 썼다고 전한다. 이때 쉬나드와 함께 인수봉을 개척했던 사람이 바로 한국 등반계 1세대 선두 주자인 선우중옥이다. 선우중옥은 훗날 쉬나드를 따라 미국으로 갔고 미국에서 쉬나드와 함께 등산 장비 사업을 도우며 자일 파트너에서 인생의 파트너로 끈끈한 관계를 지금도 이어가고 있다.

미국으로 건너간 이본 쉬나드가 처음 세운 회사는 현재도 산악인들 사이에서 품질 좋기로 정평이 나 있는 블랙다이몬드의 전신인 쉬나드 이큅먼트*였다. 이때 만든 쉬나드 피톤(하켄)은 튼튼했고 그밖에도 산악인만이 개발할 수 있는 산악인을 위한 독창적인 장비를 만들어 냈다. 그 쓰임새가 창의적이었으며 특히 거벽 등반에 실용적이어서 요세미티 골골을 누비며 등반하는 산악인들 사이에서 선풍적인 인기를 끌었다. 그러나 자신이 만든 피톤이 바위를 훼손할 수도 있다는 것을 알고 난 뒤 매출의 70%를 차지하던 피톤 제작을 하루아침에 중단한 이야기는 지금도 회자된다.

야생의 매에게 먹이를 주기 위해 처음 암벽을 탔다는 그는, 산이 좋았고 암벽이 좋아 등반을 위해 고등학교를 중퇴했던 일을 회상하며 말한다. "내가 원하는 것이 무엇인지 분명히 알았고 학교에서는 그것을 배울 수 없었기 때문에 그만둔 것뿐입니다. 제 인생에서 가장 아까웠던 시간은 학교에서 수학 공식을 외우던 시간이었습니다."

그는 운명의 회오리를 겁난다고 내빼지 않았다. 자신의 인생은 산이지 공부가 아님을 알게 된 순간 과감하게 운명의 태풍 속으로 걸어 들어간 의젓한 인간이었다. 그리고 그 길에서 만난 아름다운 지구의 속살을 가슴 깊이 흠향했다. 주한미군 복무를 끝내고 그의 오랜 친구 더글러스 톰킨스▲▲와 함께 1968년 안데스 산맥과 남미 곳곳을 돈이 떨어질 때까지 여행했는데 이때 피츠로이Fitz Roy▲▲▲ 등반을 하며 봤던 숨 막히는 능선의 광경을 '파타고니아'의 브랜드 로고로 남겨 지금까지 전 세계 사람들의 등판에 새겨져 있다.

블랙다이아몬드

등반장비를 생산하는 회사 블랙다이아몬드는 등반기들 사이에서 믿음의 장비로 통한다. 프랑스 페츨 사(社)와 함께 브랜드만 보고도 구매를 결

▲   장비 제조회사 블랙다이아몬드의 다이아몬드 모양 브랜드 로고는 쉬나드의 이니셜 C를 형상화해서 발전한 형태나.

▲▲   노스페이스 창업자.

▲▲▲   아르헨티나와 칠레에 접하고 있으며 해발 3,375미터로 남미대륙의 남부 파타고니아 지방의 안데스산맥에 있다.

정할 수 있는 몇 안 되는 세계적 브랜드 중 하나다. 미국에 본사를 둔 블랙다이몬드는 이본 쉬나드로부터 시작한다.

쉬나드는 18살부터 등반 장비를 직접 만들어 썼으며 팔기도 했다. 본문에 전술한 대로 주한미군 복무 직후 쉬나드 이큅먼트를 세웠는데 이 회사의 상비는 클라이머를의 요구가 고스란히 반영된 징비들로 즐비했다. 군더더기 없는 디자인에 실용성과 내구성을 갖춘 장비들은 클라이머들로부터 환호를 받았다.

1960년대 말 미국의 아웃도어 인구가 많아지자 인명사고도 늘어났다. 당국은 강력한 관련법을 제정했고 등반사고가 발생하면 장비제조업체를 고소할 수 있는 법을 통과시켰다. 막대한 벌금과 고소가 잇따랐고 결국 파산했다. 이본 쉬나드는 그즈음 세웠던 파타고니아사에 집중하기 위해 회사를 떠났고 피터 멧갈프가 쉬나드의 자리를 이어받았다. 피터는 남아있는 직원들과 함께 환경보호와 튼튼한 장비제조에 방점을 찍고 블랙다이아몬드 이큅먼트로 회사를 바꾼다. 모두가 하나가 되어 위기를 슬기롭게 넘긴 블랙다이아몬드는 확고한 운영철학, 엄격한 품질, 지속적인 환경활동 등으로 전 세계에서 가장 믿음직한 장비제조회사가 되었다.

노스페이스 이야기

90년대 노란색 노스페이스 오버트라우저는 마치 북극성과 같이 닿을 수 없는 이상이었다. 비를 흠뻑 맞고도 한 시간이면 뽀송뽀송하게 마른다는 말도 안 되는 소리를 눈앞에서 지켜본 뒤로 백두대간 종주를 계획하고 있었던 내겐 일대 혁명 같은 숨 쉬는 옷이었다. 그 옷을 입은 사람들은 가슴을 펴고 다녔고 선배의 담뱃불 자국이 그대로 남은 파일 재킷을 입은 나는 졸아들었었다. 하지만 노스페이스는 비쌌고, 사람들에게 말하면 노스페이스라는 이름조차 알지 못했던 때였으니 파는 곳도 마땅히 없었다. 수년 전 중고생들이 교복처럼 입었다는 소식에 그 옷의 격세지감을 떠나 중고생들을 이해하고도 남았다. 그 옷을 입으면 가슴이 펴진다는 말은 사실이니.

아웃도어 브랜드 노스페이스의 창업자, 더글러스 톰킨스 (1943~2015)는 괴짜 등반가였다. 12살 때부터 답답한 교실에 있는 날보다 뉴욕주 남부 샤완건크Shawangunk 산군의 암벽에 매달린 날이 더 많았다. 15살 무렵에 이미 등산, 스키 마니아가 됐으니 학교생활이 평탄할 리 없었다. 이런저런 사고를 치던 끝에 학교에서 잘렸는데 그게 반전이었다. 그에게 퇴학은 해방이었던 것이다. 퇴학 후에 이때다 하고 보란 듯이 자유인이 되어 미국의 서부를 누비고 다닌다. 이때 환경운동단체인 '시에라 클럽 Sierra Club'에 가입하기도 했다.

곧 돈이 떨어졌고 돈 벌기 위해 집을 나온 때가 17살이었다. 1년 간 식당 종업원, 건설 현장 잡부 등으로 일하며 모은 돈으로 유럽으로 건너가 알프스와 피레네의 암벽과 설원을 원 없이 돌아다닌다. 1963년 그의 나이 스무 살, 유럽을 돌다 돈이 떨어져 고향으로 돌아왔는데 캘리포니아 시에라네바다 산맥에서 산림 감시원으로 일하며 히치하이크를 하다 운명처럼 한 여자를 만난다. 수지 러셀♠이다. 더글러스 톰킨스는 그녀와 이듬해 결혼한다.

덜컥 결혼은 했지만 먹고 살긴은 막막했다. 그래서 차린 게 1964년의 '노스페이스'였다. 돈도 기술도 졸업장도 없었지만, 유럽과 미국 서부 암벽을 원 없이 돌아다닌 덕에 등산 장비에 대해서만큼은 잘 알고 있었는데 지인들로부터 5,000달러를 빌려 유럽의 선진적인 등산 장비들을 수입해 팔기 시작한 것이 오늘날 노스페이스의 모태였다.

장사는 잘됐다. 1960년대라는 유례없는 경제 호황도 한몫했다. 덕분에 장비 수입 판매에 그치지 않고 독자적인 장비를 생산하기 시작했다. 나아가 침낭, 다운 점퍼, 돔형 텐트 등 장비에서 기존의 것과 다른 혁신적인 기능들이 가미된 장비를 세상에 내놨는데 당시 때를 맞춰 아웃도어 라이프가 폭발적으로 확산하던 시기와 맞물리며 선풍적인 인기를 얻게 된다. 시대적 운과 장비의 혁신이 한데 어우러지며 노스페이스는 세계적인 브랜드로 성장하기 시작했다. 더글러스 톰킨스는 사업으로 큰돈을 벌었다.

더글러스 톰킨스는 사업으로 번 돈을 피츠로이 등반에서 봤던 강렬한 지구의 장면, 아름다운 자연환경을 지키는 데 모두 쓴다. 그는 인간이 반 자연임을 알아서 일찍이 인간이 버려놓은 자연을 보호하는 차원을 넘어 자연을 복원시키는 데 목적이 있었다. 그리고 인간으로부터 떨어져 인간의 손을 타지 않는 자연을 항구적으로 지키는 데 자신의 모든 돈을 썼다. 지구 땅끝, 인적 드문 칠레와 아르헨티나의 광막한 숲과 초원과 화산과 습지, 강과 피오르 해안을 포함한 광활한 1,400만 에이커▲▲를 사들였고 국립공원으로 지정하겠다는 약속을 받은 뒤 기증했다.

1968년은 노스페이스의 명성이 날개 단 듯 퍼져나갈 때였다. 그는 회사를 동업자들에게 맡기고 친구들(이본 쉬나드도 함께였다)과 함께 낡은 포드 밴을 타고 남미를 종단해 아르헨티나와 칠레 국경에 있는 파타고니아의 피츠로이 등정에 나섰다. 그 과정을 다큐멘터리 영상에 담았는데 이 다큐가 산악 컬트 무비의 고전으로 꼽힌다는 〈Mountain of Storms〉다. 피츠로이 등정 후 톰킨스는 이듬해인 1969년 느닷없이 노스페이스 경영 일선을 떠났고 1986년 그의 나이 46세에는 아내와 결별하며 1억 2,500만 달러와 공동 설립한 에스프리의 동아시아 지분 25%(약 2,500만 달러)를 받고 '자본'과도 결별하며 칠레의 목장으로 들어간다.

▲　　훗날 그녀는 세계적인 패션 브랜드 에스프리(Esprit)를 창업한다.
▲▲　　약 171억 평, 서울 면적의 93배.

그에겐 80년대부터 새로운 생태주의적 각성이 있었다. 헨리 데이비드 소로에서부터 게리 슈나이더에 이르는 다양한 이들의 에세이와 시를 읽었고, 생태주의 활동가들의 강연과 캠프라면 열 일 제쳐두고 찾아다녔다. 이때부터 인간은 생존의 필요와 무관하게 자연에 개입해서는 안 된다는 철학, 자연을 살리자면 경제 패러다임을 근본부터 바꿔야 한다는 생각, 한 마디로 자본주의에서는 미래가 없다는 깨달음을 얻게 된다.

이즈음 그는 오랫동안 알고 지낸 크리스와 재혼한다. 크리스는 파타고니아에서 총괄 매니저를 거쳐 CEO까지 지낸 인물이다. 크리스는 암벽등반을 즐기던 15살 무렵부터 쉬나드와 톰킨스를 알고 지낸 친구였고 대학을 마치자마자 갓 창업(1973년)한 파타고니아에 합류했다. 크리스는 그러니까, 톰킨스와 70년대부터 암벽에서 서로에게 목숨을 맡기던 자일 파트너였는데 파타고니아와 노스페이스는 이렇게 크리스로 연결된다.

이본 쉬나드와 마찬가지로 크리스와 톰킨스 또한 자연에 대한 가치관이 다르지 않았다. 톰킨스 부부는 남은 모든 재산을 환경을 위해 기부하고 자녀에게는 한 푼의 유산도 남기지 않을 것이라며 '법은 바뀌고 인간은 죽지만 땅은 남는다Laws change; People die; the Land remains'는 말을 남기고 돈으로 환산할 수 없는 역사상 가장 크고 넓은 사유지를 기증했다.

카야커kayaker이기도 했던 톰킨스는 2015년 지인들과 함께한 파타고니아 헤네랄카레라호 투어 도중 돌풍에 보트가 전복되면서 저체온증으로 숨졌다. 어떤 사람으로 기억되고 싶으냐는 질문에 그는 이렇게 말했다고 한다.

"훗날 사람들이 이 땅을 걸을 것이다. 무덤보단 이게 더 아름답지 않은가?"

전설의 Bad Boy, 주영의 매드락

미국 서부에 위치한 요세미티 국립공원▲은 거벽을 등반하는 산악인들의 메카다. 19세기 후반 유럽 알프스 봉우리들이 인간의 발길을 허락하며 등정된 이후 1950년대부터 산악인들은 히말라야 8,000미터 이상 거봉巨峯에 눈길을 돌렸다. 1970년대까지 히말라야 봉우리들을 대부분 등정 완료하던 그 시기에 새로운 등반 스타일이 등장한다. 이른바 '거벽 등반'이다. 요세미티 국립공원은 우리나라 경기도만 한 면적이다. 그곳에는 63빌딩 다섯 채를 수직으로 쌓아 올린 1,000미터 이상의 암벽이 즐비하다. 그 바위들은 여러 개의 바위들이 합쳐 진 게 아니라 단 하나의 바위가 그렇게 솟아 있다. 바위꾼들은 그 숨 막히는 수직의

▲ 미국 캘리포니아주 시에라네바다 산맥 서부에 위치한 국립공원. 약 1만 년 전에 생성된 지형으로 추정되며 1984년 유네스코 세계유산으로 지정됐다. 공원의 95%가 자연보호 구역이다.

암벽을 그냥 두고 넘어갈 수 없었다. 요세미티에서 대암벽 등반, 거벽 등반이라 불리는 등반 사조가 처음 생겨난다.

1970년대 미국의 내로라하는 세계적인 등반가들이 그 거대한 암벽을 오르려 혈안이 됐을 때, 조그만 동양인 청년이 그들 사이에 있었다. 난다 긴다 하는 그들을 밀쳐내고 보기 좋게 거벽을 올라버린다. 그가 바로 한국 거벽 등반사의 아버지로 불리는 주영(1954~)이다. 1979년 한국인 최초로 요세미티 거벽 하프돔 북서벽, 엘 캐피턴의 노즈를 등반하고, 아이거 북벽, 파키스탄 카라코람산맥의 바위산 트랑고 타워(6,286미터)를 한국인 최초로 올랐다.

그러나, 그는 시대를 너무 앞서갔다. 암벽등반이라는 단어도 없었던 시절, 이미 거벽과 대암벽 등반을 섭렵했으니, 당시 그의 등반은 너무나도 선진적이었다. 한국의 산악계는 그의 전위적인 등반을 거짓말이라 했고, 그의 지인들조차 믿을 수 없다는 사람들이 대부분이었다. 그때 그의 대처는 '주영'다운 것이었다. 그는 세계로 눈 돌리지 못하는 좁은 산악계를 불평하는 대신, 조용히 다시 오르는 방법을 택한다. 불신을 불식시키려 자신이 올랐던 거벽을 몇 번이고 다시 올라 자신의 등정을 증명했다.

내친김에 그는 당시 전 세계적으로 유례를 찾기 힘든 경이적인 등반을 해내는데, 겨울 요세미티에 꽁꽁 얼어 있는 고난도 수직의 빙벽 150미터를 로프와 안전장치 없이 프리 솔로로 올라버리는 것이었다. 직등으로 오른 것도 모자라 마지막 오버행 구간에서는 좌우로 트래버스Traverse▲를 해가며 마치 빙벽을 조롱하듯 자유자재로 춤췄고 그 오르는 모습에 미국 등반계는 경악했다. 미국의 클라이머들이 혀를 내두르며 그를 인터뷰했는데 당시 그의 대답이 걸작이다. "나는 당시 실연의 상처가 아물지 않아 삶에 미련이 없었고 솔로 등반에 전혀 부담이 없었다."

한국인 최초로 에베레스트에 오른 고故고상돈의 북미 최고봉 알래스카 매킨리(6,194미터)▲▲ 등반에서 그의 곁을 지켰으며 히말라야와 유럽 알프스, 알래스카와 미국의 거벽을 쏠고 다녔던 그를 만날 기회가 있었다. 그가 있다는 곳으로 갈 때, 그가 나를 만나고 싶어 하든 말든, 좋든 싫든 버선발로 달려가 덥석 그의 손을 붙잡았다. 아, 다시 놀라워라, 내 젊은 시절 영웅인 'Bad boy'를 실제로 만난다는 사실에 눈치도 염치도 모두 방구석에 던져 놓고 왔다.

▲   수평 등반, 옆으로 이동하며 등반하는 것.

▲▲   2015년 8월 이후 오바마 행정부에 의해 데날리(Denali)라는 이름을 되찾았다. 알래스카 원주민 언어로 '높은 곳'이라는 뜻이다. 매킨리라는 이름은 봉우리 발견 당시의 미합중국 대통령 지명자였던 윌리엄 매킨리의 이름을 따서 지었다.

2023년 일흔이 된 그는 천진할 정도로 유쾌했다. 스무 살을 훌쩍 넘는 나이 차이에 나는 왜 그를 친구 같다 생각했는가. 산악인 특유의 무겁고 진지하며 다소 비장하리라 생각했던 내 생각은 완전히 차오였음을 확인하는 건 1분이면 족했다. 그가 들려준 히피적 악동 산악인의 이야기에 나는 흥분을 감출 수 없었다. 누군가 그에게 '주영에게 알피니즘이란 무엇이냐?'고 물었던 적이 있었다. 그의 대답을 전해 들은 나는 무릎을 세게 쳤다. 그의 말은 모든 등반 이념들을 판단 정지시켰고 등반에 관한 무수한 철학들을 일순간 무너뜨렸다.

"알피니즘? 그런 거 없어요. 믿지도 않고요. 등산이라는 게 본질적으로 노는 거 아닙니까? 노는 데 무슨 이념이 있습니까? 즐거우면 됐지요!"그 앞에서는 알피니즘조차 죽음처럼 가벼웠다. 도대체 얼마나 많은 삶과 죽음의 경계를 무시로 넘나들었던 말인가.

화려한 경력이지만 그의 등반 스토리는 눈물 없이 들을 수 없다. 요세미티 국립공원에서 살다시피 했던 1970년 후반 당시 그는 춥고 배고팠다. 캠프장 사용료가 없어 쓰레기를 주웠고, 먹을 게 없어 카페테리아에 숨어 들어가 관광객들이 남긴 음식을 주워 먹기도 했다. 일본 관광객들이 음식을 가장 많이 남겼었다고 말하며 얼굴이 무너지듯 웃었다. 쓰레기를 뒤져 알루미늄 캔을 주워 개당 5센트씩 받아 가며 연명했다고 한다.

그는 요세미티 등반부랑아 climbing bum의 원조였지만, 그의 등반은 대한민국 등반사의 획을 긋는 창조적인 것이었으니 Bad boy는 이때 탄생한 '주영' 신드롬이었다. 그가 쓴 자서전《얄개바위》는 한때 한국 산악계에서 선풍적인 바람을 불러일으킨 'Bad boy'들의 입문서였다. 저자의 허락을 얻어, 미래의 Bad boy들을 위해 주영의《얄개바위》서문 일부를 인용한다.

"나는 bad boy라는 단어를 사랑한다. Good boy들이 들판으로 놀러 갈 때 bad boy들은 험한 산을 자일을 묶고 오른다. Good boy들이 싸이클을 타고 아스팔트 위를 달릴 때 bad boy들은 산악자전거를 타고 험한 산길을 데굴데굴 굴러서 내려온다. Good boy들이 수영을 하고 조종경기를 할 때 bad boy들은 스쿠버를 하고 카약이나 래프팅으로 험한 물길을 헤집고 다닌다. Good boy들이 스키를 우아하게 타고 내려갈 때 bad boy들은 스노보드를 타고 하프파이프에서 곤두박질치고 있다. Good boy들은 어머니가 하지 말라는 위험한 짓은 하지 않는다. 그러나 Bad boy들은 어머니가 하지 말라는 짓은 모조리 하고 다닌다. 니는 암벽에서 추락하여 병원에 입원도 하고, 매킨리 원정 때 고상돈 대장을 잃었으며, 산악자전거 사고로 이 잘생긴 얼굴을 꿰

맺고 스노보드를 타다 기절도 해보았다. 물에 빠져 익사할 뻔한 적이 몇 번이었는지 기억할 수도 없다. 나는 내 몸속에 나쁜 피로만 가득 채워져 있어 감사하다. 정열을 모조리 자연과의 두 전에 쏟아 부어 자연과 일체가 돼라. 그러면 당신은 진정한 bad boy가 되리라. 나는 죽는 날까지 bad boy로 살 것이다."

-주영,《얄개바위》(정상, 2002) 서문 중에서-

프랑스 철학자 들뢰즈는 '우리는 나였을 나를 너무 빨리 포기한다, 우리는 나였을 나를 만날 수 있었을 텐데 결국 못 만나고 죽는다'고 말한 적이 있다. 즉 우리가 자기 자신을 만나지 못하고 죽는 이유가 수많은 세상의 율법과 제약 때문이라고 덧붙였는데, 자신에게 한계를 지우는 세상의 시선과 율법을 서둘러 수용하다 보니 나 자신이 아닌 '세상의 나'로 살다 죽는다는 의미다. 그러나 주영을 보면 주영 자신으로 살고 있다는 느낌을 받는다. 그는 그 자신을 만나 그로 사는 몇 안 되는 인간 중 하나다.

"몸이 허락하지 못해 바위를 오르지 못하면 스스로 인정할 수밖에 없겠지만, 그저 하기 싫은 마음이 들어 바위를 오르지 않게 된다면 그때 나는 살아도 죽은 것이다."

알피니즘은 없다던 '주영'에게서 나는 알피니즘 사건을 본다.

알피니즘이 인칭대명사라면, 그러니까 알피니즘이라는 알쏭달쏭한 것이 실제로 있어서 그 자신의 모습을 인격화해서 인간의 모습으로 드러낸다면 나는 '주영'이라는 옷을 입고 나타났다고 믿는다. 아이러니하게도 알피니즘은 개뿔이라며 넉살 좋게 웃는 그를 통해 나는 충격적인 알피니즘 사건을 겪고 있다. 선비처럼 섬세하고 무사처럼 선 굵은 사람, 주영이 오늘도 여전히 공장에서 가죽 앞치마를 두르고 직접 만드는 암벽화가 매드락 Mad Rock이다.

요세미티 거벽 위, 허공침대에서 생리현상 해결하기

요세미티의 대암벽을 오르려면 짧게는 3~4일, 길게는 6~7일이 걸린다. 곧 숙식과 생리현상을 벽에 달라붙어 해결하며 올라야 한다.

수직의 암벽에서 잠을 자는 일은 쉽지 않다. 과거에는 해먹에 매달려 해결했지만 요즘은 보다 경량화된 조립식 허공 침대인 포타렛지를 사용한다. 경량화 됐다고는 하나 무게가 만만치 않고 허공에 매달려 하는 설치 작업도 까다롭다. 1인용과 2인용이 있으며 우천 시 비를 피하기 위해 플라이를 사용하기도 한다. 포타렛지는 1960년대에 미국 등반가 그렉 로우(Greg Lowe)가 처음 개발하여 러프 텐트(lurp tent)라는 이름으로 사용했다고 전해진다. 일설에 따르면 이본 쉬나드가 처음엔 나무 막대기를 사용하다 알루미늄 재질의 바(bar)를 이어 붙여 처음 썼다고 전해지기도 한다. 요즈음은 장비가 발전하여 요세미티뿐만 아니라 히말라야나 파타고니아의 거벽 등에서도 유용하게 쓰이고 있다.

남성의 경우 수직의 암벽에서 소변은 여성 등반가에 비해 상대적으로 자유롭다. 같은 루트에 오르는 사람이 없는지 아래를 먼저 확인하고 허공에 작은 일을 본다. 소변은 지상으로 떨어지며 공중분해 되어 자연에 해를 끼치지 않는다. 여성 등반가는 주로 흡수가 빠른 대용량 패드를 사용한다. 문제는 큰 것을 볼 때다. 용변을 위한 클린 캔을 별도로 사용히기거니 새 겹으로 씰인 비닐 팩에 용변을 본 후 냄새가 덜 나도록 베이킹 소다를 뿌리고 밀봉하여 별도의 드라이백▲에 넣는다. 각종 장비나 짐을 넣은 홀백▲▲과 반드시 구분해야 한다.

큰 것을 볼 때는 판초 우의나 침낭을 포타렛지에 중간에 걸어 서로의 시선을 가리고 일을 본다. 등반이 한창이거나 끝날 즈음엔 이미 서로가 심적으로 의지하며 몸도 마음도 하나가 되어 있으므로 시선 따위는 신경 쓰지 않고 그냥 큰일을 본다. 소리는 가릴 수 없다. 그저 아름답게 듣는다. 이때 모든 행위는 벽에 매달린 채 진행한다. 모아 놓은 용변은 끝까지 함께 오르며 하산을 마친 뒤 국립공원 야영장에 별도로 준비된 장소에 버려야 한다.

요세미티 국립공원에서 이런 체계가 미처 세워지기 전에 거벽을 오르던 등반가들 사이에서 서로 조심하자는 차원에서 회자되는 일화 하나가 있다. 앞선 등반가가 용변을 본 비닐 팩을 떨어뜨려 (의도적이었는지 아닌지는 모른다) 뒤에 오르는 팀 전체가 사방에 흩뿌려진 용변을 뒤집어썼다. 오물을 맞은 팀은 500미터 지점에서 등반을 중단하고 미국식 십장생과 시베리아를 소환하며 하산할 수밖에 없었는데 땅에서도 분이 풀리지 않아 쌍화차와 Fxxx를 남발하는 가운데 귀가했다고 한다.

▲   방수 기능이 있는 가방.
▲▲   끌어올릴 수 있도록 고안된 큰 원통처럼 생긴 원형 배낭.

검은 마력에 싸인 나의 끓는 의욕이

그 날개를 마음껏 펼칠 수 있다면

이 보잘것없는 내 육체 따위가 우연과 맞서서 산산조각이 난들 어떤가.

- 오이겐 귀도 라머 -

3장

하얀 능선

히말라야에서 코펠밥 먹는 사이

히말라야Himalaya는 'Him'과 'Alaya'의 합성어다. 각각 산스크리트어로 '눈'과 '저장하다'라는 의미다. 눈 많은 곳, 눈의 거처라 불리는 히말라야를 옛사람들은 설장산雪藏山이라고 불렀다. 그곳에 서면 산과 산이 바람으로 대화하는 소리를 들을 수 있을 것만 같다. 상상하듯 나풀거리며 뛰어다닐 수 있을 것 같고, 느짓느짓 뻗어가는 눈 처마, 오색 깃발 룽다Lungda▲의 잔잔한 냄새도 먼 엄마 냄새처럼 알아차릴 것 같다. 산정 높은 곳, 척박한

▲　　　타르초(Tharchog)라고도 한다. 산스크리트어로 쓰인 티베트 불교 경전을 깨알 같이 적어 바람이 많이 부는 곳에 오색으로 매어 놓은 깃발이다. 티베트 사람들은 바람을 타고 경전의 경구가 온 세상에 퍼진다고 믿고 있다. 히말라야, 특히 바람이 많이 부는 모든 곳에 룽다가 휘날린다. 세계 최고봉 정상에도 어김없다.

곳에서 피는 꽃들의 절절한 군무조차 그 향기가 자신의 마지막인 양 간절하다. 창공에 빛나는 하얀 설산은 인류의 왼쪽 젖가슴이다. 오른쪽 젖무덤은 어디냐고 묻는다. 그곳은 자신이 태어난 고향이고 어머니며 유년이다.

히말라야에는 아무도 모르게 내질렀던 젊은 날의 고함과 악다구니가 여전히 귀청을 때리는 적막같이 남아있다. 삶의 굴욕과 앞날의 기대가 대결하고 공존했던 곳이다. 먹을 것을 보고 아귀처럼 달려드는 내 부끄러움과 동료의 추위를 나 몰라라 하고 내 몸뚱아리에 덮였던 침낭의 수치스러움, 무수한 저급함을 은밀하게 묻어둔 곳이니 그곳은 내 원시의 체모가 자라고 있는지도 모른다. 그러니 신화 같은 곳이다. 인류의 이야기가 부끄럽고 잔인한 신화에서 출발했듯 내 이야기가 처음 쓰인 곳은 아무도 모르게 숨겨놓은 히말라야다. 산들의 바다, 아름답게 휘어지고 우람하게 솟아있는 흰 산을 보노라면 저 고요의 한복판에서 법열에 잠겨 먹지도 마시지도 않고 천 년을 머물렀다는 고대 바라문婆羅門 승의 마음을 알 것만 같다. 조물주가 혼자 즐기는 비경, 죽어도 좋으리.

산이 내 가슴에 들어왔을 무렵이었던 것 같다. 우연히 들른 서점에 무심하게 등산 잡지를 넘겼는데 시리게 하얗던 히말라야 설산의 사진을 보고 심장이 급하게 뛰었다. 스스로도 놀랐다.

나도 모르게 내 마음은 그리로 가고 있었다. 나는 흰 산에 가고 싶었다. 극한의 흰 산, 여전히 시간은 느리게 흐르고 수천 년 전에 일었던 마른 바람이 어슬렁대며 불려 가는 곳, 인간은 신을 사랑하고 신은 인간을 보우하여 신과 인간이 한데 어울려 바람을 타고 달리는 곳. 신의 이야기가 새겨진 룽다, 그 깃발에 출렁이는 흰 산을 보고 싶었다.

흰 산에 대한 욕망이 그때 처음 솟은 것은 아니었다. 한 무리의 사람들이 두꺼운 옷을 입고 헉헉대며 크고 가파른 흰 산을 오르던 모습을 TV에서 본 적이 있다.▲ 카메라 앵글 저편에 보이는 질리도록 시퍼런 하늘, 수직의 폭포처럼 쏟아져 내리는 절벽, 죽음이 아가리를 벌리고 선 듯한 날 선 준봉들, 그 속에 줄지어 개미처럼 오르는 사람들, 그 사람들을 카메라는 포착해 나갔다. 하늘과 절벽과 설산의 준봉은 그 사람들을 위해 둘러쳐진 광배였다. 먼 하늘에서부터 미친 듯이 입을 벌리고 호흡하는 사람이 줌인 되는 순간, 내 눈앞에서 그들은 쿵, **쿵**, **쿵**, 소리를 내며 커졌다.

그곳은 눈의 거처이기 전에 삶과 죽음, 그 사이 어딘가에 존재하는 인간학의 거처였다. 산 정상에 내 삶을 고양시킬 거창한

▲　　당시 KBS 일요스페셜, '마나슬루를 가다'로 기억하고 있다.

뭔가가 있는 것처럼 떠들지만, 그런 건 없다. 그보다 한 발짝 떼기도 힘든 상황에서 탈진한 동료를 끌어안고 하염없이 울거나, 함께 로프를 묶고 가던 후배가 추락하거나, 사지가 떨어져 나갈 것 같은 추위에도 동상 걸린 동료에게 장갑을 줘야 하는 지랄 같은 상황만 있을 뿐이다.

그곳은 인간본성의 자리다. 자기도 모르게 튀어나오는 자신을 대면할 수 있는 자기연구의 보고寶庫다. 어제 나와 함께 웃던 동료가 오늘 주검이 되어 내 앞에 있는가 하면, 뱃가죽이 등에 붙어 밥 먹을 때마다 서로 아귀가 되는 곳에서 자기 밥을 덜어 후배 그릇에 퍼주는 곳이 산이다. 살고 죽는 것이 누구에게나 평등하게 닥치고, 시시때때로 엄습하는 죽음을 천연이 받아들여야 하는 곳이다. 아침에 먹은 끼니처럼 죽음도 그렇게 가볍게 올 수도 있다는 사실이 충만한 곳. 코펠밥 먹는 사이는 그래서 베개 사이, 같은 이불 덮고 자는 사이보다 무섭다고 하지 않던가.

1   14좌라는 발명품

지구에서 해발 8,000미터 이상 높이의 산들은 14개 봉우리가 존재한다. 모두 히말라야산맥에 있다. 인간은 그곳에 닿으면 삶의 무지개가 피어날 거라 여겼다. 오르는 사람들은 저마다 왜 산을 오르느냐는 질문에는 살짝 비켜서면서도 오르는 행위를 멈추지 않았다.

당시 등반가들은 히말라야 그 적멸의 봉우리에 자신을 올려놓는 것만으로도 육체적, 정신적인 인간의 능력을 창조주와 같은 위치에까지 상승시킨다고 믿었으니 20세기 초 등산의 경향은 '정복'이었다. 한 번도 사람의 발길을 허락하지 않은 봉우리를 서로 먼저 오르겠노라 나서면서 산을 연구하고 분석했다. 손쉽게 등반하기 위해 '오르는 기술'이 비약적으로 발전했던 시기였다. 오만한 근대 유럽인의 사고가 엿보인다.

최초 기록을 향한 경쟁

20세기 초는 나라를 대표해 국제원정대를 꾸려 히말라야를 경쟁적으로 '정복'하던 일이 민족과 국가의 외교적 힘이라 생각하던 때였다. 등반을 둘러싼 민족주의적 분위기가 팽배했다. 1, 2차 세계대전을 목도하며 등산마저 싸움터로 바뀌는 시기였으니 '기록경신이나 경쟁심 외에는 다른 동기가 전혀 없이 서둘러 히말라야를 오르는 행위'를 살인에 버금가는 위험이라 비판받기도 했다.

산의 높이로 번호를 매기기 시작한 시기도 이때였다. 이름하여 히말라야 14좌. 등정 시기별로 히말라야 14좌의 등정 연도와 봉우리, 등정 국가를 일별한다.

1. 1950년 안나푸르나(8,091미터) - 프랑스
2. 1953년 에베레스트(8,848미터) - 영국▲
3. 1953년 낭가파르바트(8,125미터) - 오스트리아
4. 1954년 K2(8,611미터) - 이탈리아
5. 1954년 초오유(8,201미터) - 오스트리아
6. 1955년 마칼루(8,463미터) - 프랑스

7. 1955년 칸첸중가(8,586미터) - 영국

8. 1956년 마나슬루(8,163미터) - 일본

9. 1956년 로체(8,516미터) - 스위스

10. 1956년 가셔브룸Ⅱ(8,035미터) - 오스트리아

11. 1957년 브로드피크(8,047미터) - 오스트리아

12. 1958년 가셔브룸Ⅰ(8,068미터) - 미국

13. 1960년 다울라기리(8,167미터) - 스위스

14. 1964년 시샤팡마(8,027미터) - 중국

세계 최초로 8,000미터 14개 봉을 완등한 사람은 이탈리아의 라인홀트 메스너Reinhold Messner다. 1970년 히말라야 낭가파르바트를 시작으로 1986년 10월 로체 등정까지 16년간 14개 봉을 모두 무산소로 올랐다. 두 번째 완등자는 폴란드 산악 영웅 예지 쿠쿠츠카Jerzy Kukuczka다. 1979년 로체를 시작으로 1989년 세계에서 가장 어렵다는 로체 남벽에 도전하는 중에 로프가 끊어져 추락사했다. 쿠쿠츠카는 메스너보다 9년이나 늦게 등정을

▲   에베레스트 봉우리의 최근 측량은 8,850미터라는 기록이 있다. 최초 등정자로 알려진 에드먼드 힐러리는 뉴질랜드 태생, 함께 오른 셰르파 텐징 노르게이는 네팔인이다. 최초 등정 여부는 여전히 밝혀지지 않았다. 텐징 노르게이가 정상 부근에 먼저 도착해 정상 직전에서 에드먼드 힐러리를 기다려 함께 올랐다는 말이 정설로 받아들여지고 있지만, 당사자 모두 고인이 됐다. 두 당사자는 생전 '함께 올랐다'는 모호한 말로 일관하였으므로 지구 최고봉에 디딘 인류 첫발의 주인공은 영원히 미제로 남아 있다.

시작했으나 14개 봉 중 10개 봉에 새 루트를 내며 올랐다. 에베레스트를 제외한 13개 봉우리를 무산소로 올랐으며 칸첸중가, 안나푸르나, 초오유, 다울라기리를 동계 초등했다. 우리나라 엄홍길 대장은 세계에서 여덟 번째 완등자로 12년이 소요됐다.

최근의 한 연구에 따르면 14좌 봉우리들의 꼭짓점이 과학적인 기준으로 오차 없이 정확하게 재확인됐다고 한다. 이 기준에 맞추면 기존 등정자들이 등반한 봉우리는 엄밀하게 말해 등정이라 보기 어렵다는 주장도 제기된다.

먼저 이런 연구들이 거듭되고 활성화 되며 공론의 장에서 발표와 토론이 이어지는 문화가 이어져야 한다는 입장에서 훌륭한 연구가 아닐 수 없다. 그들의 주장 또한 과학적으로 타당하며 틀린 게 없다. 모두 맞는 말이다. 그러나 내게 그런 주장은 또 하나의 등정주의로 보인다. 피크 헌팅의 경쟁이 산 오르는 사람들의 마음속에 들어차면서 순수와 본질의 폭력성으로 나아가는 모습을 보지 않았던가. 이런 주장은 필연적으로 등정주의에 뿌리박은 등정의혹 양산으로 이어질 수 있다. 지금부터 조금 무거운 이야기를 하려 한다.

'정상수집'과 알피니즘

세상에는 셀프 마케팅을 할 줄 모르는 알피니스트가 훨씬 많다.

기록, 등정한 봉우리의 수, 루트, 등반 시간 등은 그것이 중요하다 여기는 사람에게만 중요하다. 경쟁은 언제나 저도 모르게 폭력성을 동반한다. 누가 더 빨랐나를 놓고 경쟁하고, 장비 사용을 두고 다투고, 로프를 잡았느니 안 잡았느니 하며 진리의 담지자 노릇을 할 테다. 등정 의혹은 이런 시선이 낳은 의심이다. 그곳에 오르고 오르지 않고는 자신만이 안다. 오르지 않고도 올랐다 주장하는 사람은 스스로 괴로워 견디지 못할 테니, 사실의 영역으로 의심하되 도덕의 영역은 그것대로 맡겨두자.

과학의 논리가 등반이라는 모험을 선취하면 모험의 가치는 논리의 발아래 놓는다. 과학의 일과 모험의 일은 엄연히 달라서, 산에서 순수 논리만을 지향하면 단속과 완장을 찬 사람의 시선으로 바라보게 되니 옳지 않다. 산을 순수라는 이상으로 관철시킬 때 순수와 비순수가 나뉘는 사태는 자명하다. 산은 반드시 이렇게 올라야 한다거나, 산에 관한 의견이 주장과 강요로 돌변하거나, 고집스러운 등반 방식 등은 오히려 위험을 부른다. 논리로 재단된 산에 대한 비순수는 순수의 적이 되고 순수를 자임하는 사람들은 산의 진리 담지자를 자청하며 또 다른 폭력으로 이어질 빌미를 제공한다. 어디 산뿐이랴, 악순환의 사태를 경계한다.

최근 2023년 노르웨이의 여성 산악인 크리스틴 하릴라Kristin

Harila는 불과 3개월 1일이라는 역대 최단 시간 14좌 완등의 신기록을 달성했다고 전해진다. 셰르파 혹사 논란이 있어 세인의 비판에서는 자유로울 순 없겠지만, 2021년 5월 23일부터 2023년 7월 27일까지 2년 2개월 4일 만에 히말라야에서 가장 높은 28개 봉우리를 모두 오르는 기염을 토했다. 박수를 보낸다. 네팔인 니르말 님스다이 푸르자Nirmal Nim's dai Purja가 세운 6개월 6일의 14좌 등정 기록은 향후 몇 년간 갱신할 수 없을 거라는 사람들의 생각을 깨고 나온 기록이어서 놀랍다.

산악인이나 그들이 이룬 등반 성과를 평가 할 수는 없다. 누가 누구를 평가한단 말인가. 자신의 한계를 뛰어넘으려 노력한 인간에게 건네야 할 것은 찬사뿐이다. 다만, 개인의 성과가 역사적 등반 사조에 미치는 영향은 짚어볼 만하다. 니말 푸르자나 크리스틴 하릴라의 등반은 전위적이었음에는 사실이지만, 이로 인해 등반사적으로 진행된 히말라야 14좌에 대한 등정주의는 종말을 고해야 할 것 같다. 과학적인 실시간 기상정보와 등반 장비의 경량화, 보온력이 극대화된 의류, 위성을 활용한 실시간 통신체계, 전문적인 셰르파를 등에 업은 상업등반대의 활성화 등이 전방위적으로 등정을 돕는다. 이 단계에 이르렀다면 히말라야 14좌 등반은 알피니즘과 등정에 목적을 가지는 것보나 사기 극복에 초점이 옮아간다.

에베레스트를 수십 번 오른 사람이 오늘 또 에베레스트를 오른 일을 두고 알피니즘이라 부르긴 어렵다. 어제 올랐던 사람보다 1초 단축하거나 하나 더 많은 봉우리를 수집하기 위해 오르는 것에 목적이 있다면 알피니즘이 아닐 테다. 그보다 신체적 장애를 가져 버스나 지하철 이동도 불편한 장애인이 그를 옥죄는 제약을 무릅쓰고 도봉산 중턱에 이르렀다면 가장 근사한 알피니즘 월계관을 씌워주어야 옳다.

등산은 지극히 개인적인 '발견'의 문제다. 언어로 풀어 설명하는 건 어려운 일이지만, 산 오르는 사람에겐 분석을 거부하는 어떤 것이 존재한다. 어떤 산이 됐건 산 오르는 사람마다 가슴에 새겨진 마음이 산의 영혼이라 여긴다. 훌륭한 등반을 폄하해선 안 된다. 하지만 20세기 초 경쟁적인 등반의 경향이 지금에 와서 돈을 받고 등정자 지위를 파는 상업등반대 장삿속에서 재현되는 일은 안타까운 일이다.

처지에 둘러싸인 알피니스트

수다를 이어간다. 어쩌다 산에 발을 들여놓았고 산을 향한 열망이 삶을 뒤흔들지만 돈이 없어 갈 수 없는 산쟁이들이 많다. 어떻게라도 돈을 만들어보려 안간힘을 쓰지만, 그럴수록 깨닫는 건 세상이 통째로 자신을 막아선 듯한 제약이다. 산 오르는 일보다 힘든 건 돈과 시간, 사람들의 시선이다. 그들에겐 에베레스트보다 높은 산이 존재한다.

자존심을 구기며 구걸에 가까운 읍소가 이어진다. 이때 적지 않은 돈을 덥석 안기거나 갖가지 필요한 장비와 의류를 후원하는 등산 관련 기업을 어렵사리 얻어낸다. 후원사들은 명민하여 늘 현금계산에 준하는 반대급부를 원하기 마련이지만, 산에 가려는 열망은 그들이 원하는 바에 처분을 맡긴다. 기업의 로고를 큼지막하게 새기고 정상에서 찍힌 사진을 위해 어떤 악조건도 감내하고 오르려는 시도를 마다하지 않는다. 그 보이지 않는 노예적 계약이 코앞의 사고와 위험을 눈멀게 한다. 이런 스폰서 계약조차 그나마 이름이 꽤나 알려진 프로산악인들만 가능하다는 것이 더 큰 불행이다. 회사, 가족, 월급, 생존과 생활을 징그럽게도 고민해가며 오르는 아마추어 산악인들의 등반은 눈물겨운 것이다. 자본은, 물질은, 체제는 어떻게 산에 틈입하는가? 이것은 내 오래된 질문이기도 하다.

이젠 히말라야조차 돈이 없으면 갈 수 없는 곳이 됐다. 등반가 개개인의 재력과 사회 계급적 처지가 등반지와 등반 방식 등 등반 전반에 영향을 미친다. 어떤 요소가 어디에 얼마나 영향을 미치는지는 연구가 필요하지만, 등반이 오르는 행위라면 그 안에 사람이 개입하면서 단순한 오름짓으로 끝나지 않는다. 산은 사람이 오르므로 등반가에 스며있는 이데올로기와 사회적 지위, 계급의 영향은 엄연하다. 즉 전업 산악인이 아닌 이상 등반가 이전에 노동자, 예술가, 자본가 등 수많은 직업과 계층으로 존재하고 그 존재론적 처지가 등반가 정체성을 규정할 수 있다.

이를테면, 나는 한 프랑스인이 전문산악인과 셰르파 여섯 명을 고용해 처음 착용하는 아이젠을 모서리로 들어보고 신기해하며 에베레스트를 오르는 장면을 목격한 바 있다. 이른바 등산 부르주아의 출현이다. 때를 맞춰 돈을 받고 등정자 메달을 선사하는 상업등반대가 나타나며 등반사에 전에 없던 부르주아 등반이 속출한다. 좋지도 나쁘지도 않은 이런 현상은 역사적이며 사회발전사 가운데 출현한 등반 비즈니스다. 사회체제, 시대 이념, 부富 개념 등의 변화는 등반 방식을 어떻게 바꾸는가, 과연 돈은 얼마만큼 등반을 좌우하는가, 같은 질문들을 역사적으로 꿰맞춰 보는 것이다.

바꾸어 말하면 일상, 처지, 생존, 생활이라는 가치는 등반가라는 존재론적 정체와 대립한다. 전자는 사회적 책임이고 후자는 자기실현의 욕망이다. 이들은 대립하는 가치를 극복하고 어디까지 오를 수 있는가. 극복할 수는 있을까. 반면, 이와 같은 가치 대립이 일어나지 않는 등반가도 있다. 부유함은 히말라야를 열망하는 사람을 셰르파와 직업산악인을 고용해 정상에까지 올리게 하니 (물론 생고생은 하겠지만) 자본주의적 계급과 처지가 등반사조를 일부 가를 수 있다는 건 사실이다. 거칠게 말해 가난한 자에게 산은 '있는 사람들'의 도전놀이에 지나지 않는다. 먹고 살기도 힘든데 산이 어디 있고 등반이 무엇인가. 멀리 갈 것도 없이 나조차 생활에 치여 산에 가고 싶은 열망을 애써 뭉개고 있다.

세상은 원래 그런 거라며 현실을 추인하고 처지를 빠르게 승인하고 싶진 않지만, 무엇이 먼저인가를 따지는 우선순위에는 늘 무릎 꿇는다. 개인적으로는 산으로 가는 것이 최선의 선택이지만, 사회적으로는 늘 차선을 선택할 수밖에 없는 것이다. 산이 먼저인가 생존이 먼저인가. 밥인가 꿈인가. 대립하는 두 가치 사이에서 역사 속 등반가들은 어디에 서 있었는가는 늘 내 머리를 떠나지 않는 물음이다. 그것은 구조적이며 깊은 자괴를 동반하므로 언젠가는 반드시 풀어야 할 숙제로 보인다.

글을 마무리해야 하므로 윤리적으로 윤문하면, 우선 부르주아 등반이니 등반 비즈니스니 신파적 등반가니 하는 것들을 떠나자. 질문에 대한 본격 논의를 위해 마당을 쓴다. 거친 의견들을 사전 정지작업으로 음소거 하는 대신 산으로 향하는 사람들을 두고, 돈 안 되는 거길 왜 가냐는 탄식보다는 전인미답으로 향하는 모험의 가치를 존중하는 사회, 문화적 저변과 인식이 먼저였으면 하는 개인적인 바람이 있다.

히말라야 데이터베이스에 부는 새바람

네팔 카트만두에는 미국 엘리자베스 홀리(Elizabeth Hawley) 여사가 설립한 히말라야 데이터베이스가 있다. 히말라야 전역의 등반에 관한 기록을 관찰하고 관리한다. 1963년 에베레스트에서 고난도 시롱을 개척해 올랐던 미국 원정대의 기록을 처음 정리하면서 그 역사가 시작됐다.

미국인 저널리스트였던 엘리자베스 홀리는 세계에서 권위 있는 미국의 산악잡지 〈Alpine Club〉의 원로 기자로서 네팔에 주재하며 각종 산악 기록에 대한 공신력 있는 조사와 각종 사실, 산악기록 분쟁의 조정, 확인, 승인 등을 수행해왔다. 여사는 2018년 세상을 떠났으나 기관은 그녀의 유지를 이어받아 여전히 왕성하게 운영되고 있었다.

히말라야 등반에 대한 방대한 데이터베이스를 축적하고 있으므로 이 기관의 신뢰도는 독보적이라 할 만한데 2023년 현재 네팔 히말라야 지역에서 등반 가능한 471개 봉우리에 총 1만 2,000여 건의 등반 기록이 집대성되어 있다. 공식 명칭은 'Himalaya data base — the expedition archives of Elizabeth Hawley'이다.▲

그러나 이 기관은 돌연 2023년부터 14좌 등정 기록을 중단한다고 밝혔다. 14좌 등정 붐이 일며 수많은 원정대가 몰리면서 개별 브리핑을 수행하는 것이 역부족이기도 했지만 14좌 등반의 일반화로 인해 필요성이 반감됐기 때문이다. 대신 미답봉 등반, 미등 루트 개척등반, 고난도 알파인스타일 등반 등 보다 모험적 등반 기록에 집중한다고 밝혔다.

▲ 홈페이지: www.himalayandatabase.com

2   에베레스트 일기

삶의 중요한 길목은 아무도 시키지 않았던 일을 하다 난데없이 맞닥뜨린다. 누가 시켜서 하는 일은 정말이지 열심히 한다. 해내고 말겠다는 의지로 둘러싸이게 해서라도 틀림없이 한다. 그리고 몸과 마음은 많이도 다쳤다. 회사에서 돌아오면, 기진한 몸이 문어가 된다. 덩그러니 놓인 의자에 털썩, 헐크 호건이 레그 드랍을 날리듯 주저앉으면, 알 수 없는 한숨이 나온다. 모가지를 젖히고 눈을 감는다. 애초에 변형이 가능했던 질료처럼 시공간을 무너뜨려 불현듯 생각나는 그 지점으로 나를 데려간다. 늘 살지만 이따금 살아 있다고 느끼는 지금에서, 시키시도 않은 일을 죽자 살자 했지만, 늘 살아있었던 날로.

똑똑, 사직서를 가슴에 품고 휴직서를 내밀었다. 임원의 방문을 두드린 그날 아침, 출근해서 아직 아무도 오지 않은 사무실 책상에 정좌하고 사직서를 썼다. 다 쓴 사직서를 안주머니에 품었다. 편했다. 그리 편할 수 없었다. 아주 긴 싸움이었다. 30대 초반, 세 살배기 아이의 아빠, 결혼 5년 차인 남편, 월급쟁이 과장, 의료용 스크류가 간신히 붙잡고 있는 발목, 에베레스트를 가면 안 될 이유들이 차고 넘쳤다. 사흘 밤낮을 자지 않고 꿈이냐 밥이냐를 놓고 고민했다. 입술이 부르트고 나서야 알게 됐다. 피할 수 없다는 것을.

상황은 종국에 이르렀다. 여차하여 얘기가 잘되지 않는다면 조용히 사직서를 내밀 것이다. 상사는 내 뜻이 여전히 유효한지 물었다. 그리 많은 얘기를 나누진 않았다. 나는 3개월 휴직서와 아침에 쓴 사직서를 동시에 내밀고 그 방에서 나왔다. 3일 뒤, 인사팀에서 내가 제출한 휴직서가 담당 상무의 최종 결재를 거쳐 접수됐다 했다. 대표이사에게 보고해야 했던 인사팀장은 자초지종이 듣고 싶다 했고 나는 조곤조곤 말했다.

"살다 살다 산에 간다고 사직서 내미는 사람은 처음 봤다." 인사팀장은 사례 없다는 말을 되풀이 했다. 이튿날 대표이사가 내 휴직서에 최종 서명했다는 말을 들었다. 네팔 카트만두행 비행기가 뜨기 3일 전의 일이다.

정상에 오르건 오르지 못하건 중요하지 않다. 아무려면 어떤가, 나는 이미 오른 것이나 진배없다. 네팔 가는 비행기에 몸을 싣는 게 내가 오른 산이다. 그것이 내 목적이었다. 벼랑 끝까지 스스로 몰고 가 나를 던졌고, 내 고민이 나를 키웠고, 허벅지가 터지는 훈련으로부터 배웠고, 일상을 끊어내며 정신적 근육을 굴곡지게 했으니 그것으로 되었다. 그렇게 오른 에베레스트, 히말라야를 향해 오줌도 누지 않는다는 사실은 또 다른 얘기다. 지금 생각하면 왜 갔는지 알 수 없지만, 그곳에 가려 내 젊음을 통째로 걸었던 적이 있었다.

이방인을 맞는 에베레스트의 인사는 살갑지 않았다. 베이스캠프(5,400m)로 입성하던 날 우리를 반긴 건 숨 막히는 호흡과 구토였다. 시시때때로 붕괴되는 세락Serac▲▲과 무너지는 눈사태의 엄청난 굉음에 몸을 움찔거리며 깜짝깜짝 놀랐다. 낮아지는 산소

▲　　　　이 담판 방법은 당시 에베레스트 원정대의 등반 대장님으로부터 배웠다. 그 또한 월급쟁이 신분으로 과거 히말라야 원정을 가려고 했을 때 직장 상사에게 사직서 담판을 시현했었다. 그의 벼랑끝 전술은 매우 위험했지만, 아마추어 산악인이 만년설을 밟는 방법은 그 방법 외엔 없었다고 말하며 은연중에 사주했다. 그의 배짱은 실제 에베레스트 등반에서 진퇴를 결정할 때 빛을 발한다.

▲▲　　　상층부 압력과 중력에 의해 이동하던 빙하가 경사가 급한 곳이나 빙하의 흐름이 바뀌는 곳에서 붕괴하며 생기는 지형. 세락이 난립하여 있는 지대를 세락지대라 한다. 붕괴 위험이 있으므로 등반 중 가장 위험한 지형 중 하나다. 세계 2위 봉 K2 정상 전의 보틀넥 구간은 곧 무너질 것 같은 세락의 하단을 통과해야 하는 대표적인 정상부 세락이다.

포화도와 요동치는 맥박은 여기가 신의 영역임을 알려 주었다. 에베레스트는 '여기는 너와 같은 미물이 머물 곳이 아니다'를 자신의 온 몸으로 말하고 있었고 희박한 산소로 내 숨통을 조여 오며 없는 식욕까지 모두 앗아갔다. 견디기 힘든 두통에 두개골을 부수어 뇌를 꺼내고 싶었다.

마음은 오르기를 원했고 몸은 내려가기를 바랐다. 나는 살고 싶었지만 내가 서서히 죽어가는 모습을 목도해야 했다. 탱탱했던 피부가 늘어지고, 윤기 빠진 허벅지 살이 말라빠진 껍데기로 변하는 모습을 속수무책으로 지켜보았다. 이후 내용은 당시 남겨둔 나의 기록이다.

에베레스트 1일 차, 출발

마치 이날이 오랫동안 나를 기다린 듯하다. 많은 사람들이 원정대를 환송했다. 아내는 홀로 서 있다. 많은 사람들이 나를 안아 주었고 잘 갔다 오라 악수하며 말을 건넸지만 내 시선은 멀리 혼자 서 있는 아내만 본다. 공항에서, 이따금씩 많은 사람들의 머리에 가렸다가는 나타나고 나타났다가는 다시 가려지는 아내의 마지막 눈을 보았다.

에베레스트 22일 차, 아, 여기를 왜 왔을까

아이스폴▲ 지대는 끝이 없었다. 3단 사다리, 아이스폴이 끝나는 지점에 허공에 솟은 30미터 설벽을 오르기 위해서는 수직의 사다리를 올라야 한다. 둘러 갈 곳도 없다. 평지 걷기도 힘든 중에 수직의 사다리라니. 더구나 사다리는 썩은 로프로 이어 붙이고 또 그만큼 긴 사다리를 세 번 이어 붙인 사다리다. 미칠 노릇이다. 공포의 수직 사다리를 오르고 나서도 끝이 없는 길을 걸었다. 제자리를 무한히 걷고 있다는 생각이 들 정도다. 저 멀리 캠프1이 보이지만, 거리는 좁혀지지 않았다. 황망했다. 눈밭에 주저앉아 물끄러미 길 없는 길을 노려본다. 길은 아이스폴에 휘어지고 세락 지대에 숨고, 나타났다

▲ 만년설 고지대에서 수천 년 쌓이고 두꺼워진 빙하가 아주 천천히 지상으로 흐르다가 급경사를 만나 무너져 내린 지형.

다시 끊어지며 나를 농락했다. 끊임없이 마이클 잭슨의 문 워크 삽질을 해대는 느낌이다. 어렵사리 캠프1에 도착하여 텐트 안에 드러누웠는데 호흡을 할 수가 없었다. 아, 여길 왜 왔을까. 허옇게 얼어붙은 캠프1에서 타국의 눈밭 위에 얼어붙은 눈물을 핥으며 비명에 갈 가벼운 생을 원망하였다.

에베레스트 23일 차, 눈물

두고 온 일상의 모든 것이 주마등처럼 스쳐 간다. 아내와 아이들을 차에 태우고 고속도로를 달리던 일, 김해로 가는 나들목을 지나던 길, 세 살배기 아들을 재우는 일, 그때는 몰랐다. 그 소소한 일들이 얼마나 소중한 것인지를. 옛말에 '죽음에 임박한 사람이 하는 말과 생각은 착하다' 했다. 그 때 하는 말은 진실이라는 말일 텐데 우리의 삶을 떠받치는 근간은 이런 소소한 진실이다. 오늘 세 살 난 아들이 병원에 입원했다는 소식을 위성전화를 통해 들었다. 아내는 담담했고, 강한 마음을 먹고 있음을 수화기 너머에도 알 수 있었다. 힘껏 입술을 오므렸다. 기침을 참는 척 눈물을 참다가 아무도 모르게 텐트 뒤에서 울었다.

에베레스트 30일 차, 동지

캠프3을 오르며 드러눕고 다시 서고, 다시 드러눕고를 반복한다. 젠장, 매정하게도 우리가 가야 할 길은 너무도 선명하다. 70도 빙벽이 천 미터로 뻗은 '로체페이스'에 확보 줄을 걸고 기대면 가슴이 답답해 호흡을 할 수가 없다. 수직의 빙벽에 발 디디며 쉴 곳은 없다. 이러지도 저러지도 못했지만 혼자 울음을 참아가며 캠프3에 올랐다. 나를 기다리던 후배와 대장님을 눈앞에서 보니 참았던 눈물이 쏟아졌다. 꼭 죽는 줄만 알았다. 힘들고 서럽고 억울해서 캠프3에 도착하자마자 우리는 서로의 어깨를 부여잡고 아이처럼 펑펑 울었다. 그렇게 서러울 수 없었고 이 고통을 누구에게도 얘기할 수 없었다. 그날 밤은 또 어찌 그리 추웠을까. 영하 40도의 추위, 황량한 설사면에 걸쳐진 텐트 한 동, 세 명이 침낭 2개로 날 밤을 샜다. 모두들 제대로 자지 못했지만 내가 잠시 눈을 부쳤을 때 침낭 하나를 온전히 다 덮었던 모양이다. 분명히 반만 덮었었는데…. 함께 울던 동지가 적으로 바뀌는 순간이다.

에베레스트 31일 차, 크레바스

그렇게 캠프3 고소적응을 마치고 내려오는 길에 나는 히든 크레바스(hidden Crevasse)▲에 빠졌다. 다쳤던 왼쪽 발목에 통증이 심해 혼자 뒤처져 하산하는 중에 사달이 벌어졌다. 불

▲ 빙하와 빙하 사이의 틈이 눈으로 덮여 있어 육안으로 확인할 수 없는 히든 크레바스. 크레바스인지 알 수 없어 사람들이 그냥 지나가지만 임계점의 어느 순간, 덮인 눈이 싱크홀처럼 꺼지는 현상이 발생한다. 이 타이밍에 재수 없이 그 위를 지나는 사람은 수천 길 아래로 추락한다. 대빙하가 있는 히말라야에서 히든 크레바스는 여기저기 널려 있다.

행 중 다행으로 나는 크레바스에 온몸이 빠졌으나 양팔이 빙하 사이에 걸렸다. 빨리 빠져 나오지 못해 추가 함몰이 발생하면 꼼짝없이 지옥과 같은 시커먼 틈 사이로 떨어진다. 아무도 없는 설벽에 혼자 고함치며 죽을힘을 다해 허공을 파닥거렸다. 어쩌나 발버둥을 쳤던지 올라와 철퍼덕 앉았다. 사지에 힘이 풀려 아무것도 움직일 수 없었다. 용을 썼으니 사생결단의 심호흡이 이어진다. 가쁜 숨을 몰아쉬며 주위를 둘러보는데 크레바스 구멍만 시커멓게 뚫려있다. 오줌이 나올 뻔했다. 바람은 또 왜 그리 미친 듯이 불어 대는지. 경황이 없는 중에 오른손 우모장갑이 유유히 바람에 날아갔다. 내 신세 같이 흐느적거리며 날아간다. 화를 낼 힘도, 원망할 힘도 없다. 날아가는 장갑을 멍하게 바라본다. 끝없는 이 싸움은 몸뚱아리 중 어느 하나가 잘리거나 내가 죽어야 결국 끝이 날 것 같다.

에베레스트 33일 차, 삶의 끈

베이스캠프 텐트 문을 열고 나가 보니 코끝이 찡할 정도의 한기가 몰려온다. 문 앞에 사람들이 웅성거리고 있다. 등반이 중반으로 접어들 무렵 4월 어느 날, 에베레스트 베이스캠프에서 시신 한 구가 빙하를 뚫고 떠올랐다. 경험 많은 셰르파들은 최소 10년 전 아이스폴 지대에서 추락한 등반가로 추정했다. 오랜 시간 동안 빙하가 융기와 침식을 거듭하면서 시신과 함께 움직이며 내려왔다고 했다. 빙하가 움직이는 동안 사지四肢는 찢겨 나갔고 몸통만 이제야 지상으로 떠올랐다고 했다. 세르파들은 으레 있는 일인 듯 간단하게 염을 마쳤다. 미처 수습하지 못한 팔과 다리는 수색하기를 포기하고 몸통만 있는 시신을 아랫마을 롯지(산장)로 운구했다. 지켜보던 나는 엄숙했고 두려웠다. 나는 빙하가 움직인다는 사실을 믿지 않았다. 그러나 지금 내 눈앞에 움직이는 빙하가 죽은 사람을 싣고 다니고 있었다. 나도 그 위에 실려 있다. 거대한 빙하는 그대로 나를 뚫고 흐른다. 이 무거운 덩치는 몇천 년 동안 바위 위에 얹어져 갈아내고 부수고 누르고 저항하는 것들을 흐물흐물하게 만들었을 테다. 인간의 말로는 설명하기 어렵다. 억울하고 안타깝지만 내 실체는 살아있는 거대한 짐승의 터럭 끝에 매달린 미물이었다.

에베레스트 59일 차, 주검

캠프3(7,200미터)에서 캠프4(8,000미터)로 가는 중에 세르파 서너 사람이 모여 있다. 가지런히 누워있는 한 등반가의 시신을 앞에 놓고 운구를 준비하고 있었다. 에베레스트 바로 옆 봉우리인 로체(8,516미터, 세계 4위 봉) 등반 중 대설벽에서 추락했다고 한다. 돌돌 말려 있는 옷가지 사이로 허옇게 드러난 얼굴을 보았고 나는 곧 그를 기억해냈다. 일주일 전 베이스캠프에서 그를 만났었다. 그와 날씨에 대해 몇 마디를 나누었고 그의 가족과 그가 사는 마을에 대해 물었다. 서로에게 건투를 빌었고 장난기 섞으며 주먹을 맞댔었다. 강단 있었고 참으로 강한 사내였다. 그리고 오늘, 주검이 된 그를 보았다. 두려움이 엄습할 새 없이, 나는 아…, 한마디를 토해내고 힘없이 무릎 꿇었다. 잘 가시라. 그의 영면을 비는 것도 잠시, 동료 등반가의 주검을 앞에 두고 내 호흡이 흐트러질까 노심초사한다. 그의 주검에 엎드려 절을 해줄 힘도 없다. 눈물 흘릴 에너지도 몸에서 빠져나간 지 오래다. 죽음 앞에 내 걱정만 한다는 부끄러움조차 이젠 남지 않았다. 나는 비열했지만 그의 표정은 평온했다. 두렵고 부럽다. 느닷없이 여기 모든 사람이 미쳐 있다는 생각이 들었다. 에베레스트를 빨리 벗어나고 싶다. 얼음 주름살은 금빛으로 빛나고 있었다.

에베레스트 60일 차, 설맹

캠프4에서는 바람이 평균 44m/s 속도로 분다. 강력한 대형 태풍의 중심기압 바람 세기와 같다. 바람 때문에 눈도 쌓이지 않는다. 나는 다른 사람보다 캠프4 도착이 세 시간 늦었다. 발목 때문이다. 수술한 왼쪽 발목 상태가 급격히 나빠져 있고, 눈은 설맹 초기 단계라 눈물이 계속 흐르고 있다. 오르는 동안 화이트아웃으로 인해 눈앞의 스텝이 보이지 않아 쓰고 있는 고글을 썼다 벗었다 했더니 곧바로 설맹 증세가 시작되었다. 고소 증세도 심각해져 간다. 최악이다. 이대로라면 등정을 포기해야 한다. 저녁 8시, 원정대는 정상을 향해 출발하려 했으나 텐트를 찢을 것 같은 바람이 미친 듯이 불어댄다. 캠프4에 운집한 원정대들은 텐트 안에서 죽은 듯이 꼼짝을 않는다. 고도 8,000미터에서 하루를 대기하는 것은 휴식이 아니라 서서히 죽는 일이다. 이곳에 체류하는 것만으로도 체력은 급격히 떨어진다. 고민 끝에 원정대는 캠프4에서 하루를 더 대기한 후 등정을 시도하기로 결정한다. 만약 내일도 날씨가 좋지 않다면 이대로 철수해야 한다. 오직 신이 결정할 일이다. 테라마이신을 눈에 떡칠하듯 발랐다. 등반대장님이 건넨 비아그라 한 알도 급하게 털어 넣었다. 기온은 영하 40~50도. 텐트 안인데도 몸이 떨렸다. 이제껏 경험하지 못한 희박한 산소와 낮은 기압. 8,000미터 캠프4 지역은 만년설도 날려버리는 강풍이 하루 종일 불어댄다. 하루 종일 먹은 거라곤 멀건 수프와 물뿐이다.

에베레스트 61일 차, 큰일

모두 토하고 물과 수프만 먹고도 똥이 나온다. 신기할 따름이다. 에베레스트에서 똥을 눌 때는 마음을 단단히 먹어야 한다. 바지 벗는 일에도 호흡은 이미 가빠온다. 똥을 누려 용을 쓰면 호흡을 할 수 없어 힘을 줄 수 없고, 호흡을 하려면 힘을 주지 못해 똥을 누지 못한다. 엉덩이가 얼어가는 건 둘째 문제다. 캠프4, 8,000미터 고도에서 대책 없이 나오려는 똥을 마다하지 못했다. 다들 말렸지만 나조차 어쩔 수 없다. 마음을 단단히 먹고 혹시나 강풍에 몸이 날아갈까 하여 피켈을 한 손에 꼭 쥐고 심호흡 크게 하고 텐트 밖을 나섰다. 난생처음 맞는 강풍에 텐트를 나서자마자 언어맞고 주저앉았다. 바람은 상상 이상이었다. 몸을 지탱하려 피켈을 땅에 박았는데 똥을 누기도 전에 숨이 차기 시작했다. 바보같이 산소마스크를 쓰지 않고 나왔고 더 심각한 건 맞바람 방향으로 앉았다. 엉덩이와 그 부위 감각이 사라졌지만 똥 누다 죽긴 싫었다. 얼른 본론을 진행했다. 이제 나는 지구상 어느 곳에서도 똥을 눌 수 있는 인간이 되었다. 결국 성공하고 텐트로 들어가니 대원들의 축하 박수가 터진다. 으쓱하다. 정상공격을 앞두고 긴장이 극에 달한 대원들은 오랜만에 얼굴을 무너뜨리며 웃었다.

에베레스트 62일 차, 5월 17일 오전 10시 50분, 정상

난 마치 웃는 듯 거칠게 호흡하고 있다. 옷에는 눈이 덕지덕지 묻어 있고 1평 남짓, 지구의 꼭대기, 에베레스트 정상에 섰다. 사람 하나쯤 우습게 날려버릴 정상부 제트기류를 간신히 피해 올랐다. 허리를 앞으로 꺾고 서너 번의 가쁜 숨을 몰아쉰다. 몸 어딘가 또 다른 아가미 하나가 있었으면 했다. 살이 쩌진다는 말을 비로소 알아챌 만큼 매서운 바람이 계통 없이 불며 뺨을 때렸다. '치지익' 하며 누군가 베이스캠프와 교신하는 무전 소리가 멀리서 들렸다. 정상엔 알록달록한 깃발들이 있다. 부는 바람에 색은 바랬고 끝은 찢어져 있다. 실눈을 하고 신이 숨겨 논 숨 막히는 광경을 보고야 말지만 이내 죽을 고생을 하고 올라온 이 길을 다시 내려갈 걱정에 앞이 캄캄해진다. 지난밤 8시 캠프4에서 출발해 16시간을 물한 모금 입에 대지 못하고 올랐다. 가져온 수통에 물이 없음을 확인하곤 정상이고 지랄이고 절망에 빠진다. 침을 삼키니 목구멍이 찢어진다. 1평이 채 되지 않는 이 조그맣고 뾰족이 솟은 눈덩이 꼭대기에 닿으려 쏟아낸 지난날의 서러움이 북받쳐 왔다. 부러진 다리, 월급쟁이, 가족, 밥. 왜 세상은 가용한 모든 제약을 총동원하여 내가 이곳에 오르기를 가로막았을까. 오르고 나니 또 이곳은 아무것도 없고 아무것도 아니었다. 나는 왜 올랐는가? 정상에서 나를 한 시간이나 기다린 후배▲의 차가운 신발 앞에 엎어져 소리 내어 울었다. 산소마스크 아래로 흐르는 눈물이 궤적을 그리며 얼었다. 언 눈썹이 눈을 되 찔러 눈물이 났고 눈물은 다시 얼었다. 울어서 호흡이 가빠졌다. 변신 로봇 같은 산소마스크 속에서 입을 크게 벌려 헐떡인다. 우는 걸 포기하고 털썩 주저앉아 바라본 풍

▲ 후배는 이 한 시간의 기다림으로 인해 동상에 걸렸다. 내 정상 사진을 찍어주겠다는 마음으로 한 미친 짓이다. 그가 찍어준 사진을 나는 여기저기 보내며 철없이 자랑질했다. 갚을 길 없는 후배의 위대한 어리석음에 우리 서로가 잘 하지 않는 말, 고맙다는 말을 전한다. 네팔 현지의 신속한 치료로 그 귀한 발가락을 살려서 천만다행이다.

광, 바다같이 펼쳐진 히말라야 준봉들, 눈을 감고 뛰어내리고 싶은 마음을 가까스로 참았다. '멈추어라 순간아, 너 정말 아름답구나.' 람부라차!▲ 가슴팍 깊은 곳에서 사진 하나를 꺼냈다. 아내와 아들이 함께 웃고 있는 사진이다. 그 사진을 품고 올랐다. 사진 속 그들에게 정상까지 함께해 주어서 감사하다 말했다. 살려주어 고맙다 말했다.

김해공항에서 활짝 웃으며 서 있는 아내를 보았다. 아들은 내게로 오는 길을 돌려 엄마 품에 안기기를 몇 번 하더니 내 허벅지를 슬며시 잡고는 떨어지지 않으려 꼭 붙든다. 꽃다발을 한 손에 옮기고 아들을 번쩍 들어 안았다. 눈물을 거둔 뒤 카메라를 향해 가슴을 지긋이 폈다. 눈에는 눈물이, 입에는 미소 머금은 어정쩡한 얼굴을 하고 터지는 플래시와 환호를 꿈같이 보았다.

▲　Ramburacha. 정말 아름답다는 의미의 네팔어.

190

3 데날리 비하인드 스토리

마치 출산의 고통을 잊는 것처럼, 히말라야를 보고 참새 잡지 않겠다던 다짐은 이내 잊혀서 5년 뒤 다시 눈밭에 섰으니, 데날리였다.

데날리Mt. Denali(6,194미터)는 북미 최고봉이다. 알래스카 광활한 땅 한 가운데 솟은 그 산을 오를 때의 일이다. 그날은 우리가 캠프3(3,500미터)에 도착한 날이었다. 대원들은 고도 3,000미터 언저리에 들어서며 고소증세를 보이기 시작했다. 보통 고소증세를 보이면 식욕이 저하되고 무기력해져 낳이 먹지 못할뿐더러 애써 먹은 것도 구토를 동반하며 뱉어내기 일쑤다. 그런데 앵커리지에서 조달한 특식용 소고기와 준비해 간 각종 식량이 원정 중반에 벌써 바닥을 보였던 것이다. 대장님은 이상 기후에 버금가는 대원들의 이상 식욕에도 내심 캠프3쯤 도착하면 다들 먹지 못하겠지 생각하고 안심하고 있던 차였다. 심각한 고소증세에도 식을 줄 모르는 대원들의 식욕에 어, 어 하다가 남은 식량이 불과 사흘 치밖에 되지 않는다는 식량 담당 대원의 보고를 받고 그날 밤 긴급하게 9명의 대원을 모두 집합시켰다.

"우리 너무 많이 먹는다."

좁은 텐트에 무릎을 세워 오밀조밀 모여 앉은 대원들은 저절로 머리가 숙여졌다. 대장님은 사흘 치의 식량이 남았는데 일정상 최소 6일은 더 버텨야 하므로 비상식량까지 계산하면 산술적으로 지금 먹는 식사량에서 반의반으로 줄여야 한다는 걸 단호하게 말했다. 오랜 원정 생활에 이런 대원들은 처음 봤다, 고소증세를 겪으면서도 소처럼 먹어대니 고소 적응을 잘한다 해야 하는 건지 아니라 해야 하는지 알 수 없다고 했다.

대원들은 억울했다. 생물학적으로 고소증세에서 도무지 받아들여질 수 없는 쌀밥, 야채 스프, 누룽지, 무엇보다 알래스카의 소고기가 너무 맛있어 먹는 족족 들어가는 자신의 육체적 허기를 탓할 수가 없었다. 그도 그럴 것이 북극권의 저농도 산소와 극심한 추위에 하루 종일 비실비실 오르던 대원들은 저녁만 되면 생기를 되찾았고 밥 냄새만 맡으면 아귀가 되어 달려들었다. 막을 수도 없는 노릇이며 제지할 방법 또한 없었다. 그러니 식량을 다 먹어 치운 뒤 식량 부족으로 원정을 여기서 마무리하든, 할당량을 받아들이고 굶다시피 원정을 이어가든 결정해야 했다. 누구도 탓할 수 없는 한숨이 텐트를 가득 덮고 있을 때 누군가 말했다.

"내려가서 식량 싸 들고 다시 올라옵시다."

말도 안 되는 얘기였다. 캠프3까지 진출하기 위해 우리는 어떤 개고생을 했던가. 랜딩 포인트▲에서 캠프1까지 꼬박 하루가 걸리고, 캠프1에서 캠프2까지는 고도 1,000미터를 올라야 하며, 캠프2에서 캠프3까지는 날다람쥐도 오르기 힘들다고 이름 붙은 악명 높은 다람쥐 언덕Squirrel Hill을 넘어야 했다. 이제 다 왔다, 캠프4는 눈앞에 있고 캠프5는 정상 직전의 교두보여서 이후 데날리 패스만 넘어서면 정상에 다다르는데 사방에 눈밖에 없는 이 인정머리 없는 설산에서 맛난 밥을 먹어 보겠다고 이제 껏 올랐던 길을 다시 내려간다니 말이 되겠는가.

▲   데날리산의 2,200미터 지점. 지상과 오가는 경비행기가 눈밭에 미끄러지며 착륙하는 곳이다. 일종의 공항인데 활주로는 평평하고 좁은 눈밭이다.

모두가 에이, 말도 안 된다, 하며 다른 방법을 모색하며 침묵을 지키던 때, 대장님이 말했다.

"그리지."

그러면서, 현재 시각에 캠프3에 있는 모든 타 원정대와 레인저 텐트▲를 수소문해서 위성 전화를 확보해라(우리 원정대 위성 전화는 신호가 잡히지 않고 있었다), 앵커리지에 있는 매니저 팀에 연락해서 필요한 식량을 조달하고 경비행기 랜딩 포인트까지 보내라, 랜딩 포인트에서 우리 대원과의 약속 시간은 이틀 후 오전 10시다, 라며 일사천리로 명확하고 구체적인 지시를 내렸다. 모두 눈이 동그랗게 변했다.

다만 문제가 있었다. 기상이 조금이라도 좋지 않으면 비행기는 뜨지 않는다. 우리도 원정을 시작할 때 탈키트나▲▲ 비행장에서 3일을 기다려 간신히 비행기를 타고 랜딩 포인트에 내리지 않았던가. 어리둥절, 설마 다시 내려갈까 하며 주위를 둘러보니,

---

▲   데날리 레인저들은 캠프3와 캠프5에 상주한다. 그들이 상주하는 이유는 안전한 산행을 돕고 구조를 위해서라기보다는 등반대들의 크고 작은 노상 방뇨를 24시간 감시하는 역할이 팔 할이다.

▲▲ 데날리 랜딩 포인트까지 오가는 경비행기가 출발하는 마을. 이곳에는 데날리를 오르다 유명을 달리한 산악인들의 위패가 모셔져 있다.

이미 대원들은 내가 가겠다, 아니다 내가 가겠다, 그러면 다 같이 내려갈까 하며 사이좋은 웃음을 띠고 있었다. 즐겁기까지 했다. 지금에서야 말이지만, 순전히 먹기 위해 산에 오르는 사람들 같아서 이들이 조금 무서웠다.

"Ridiculous(말도 안 돼)."

위성 전화를 빌리러 미국 원정대 텐트에 갔더니 그들이 한 말이다. 그들은 데날리를 수십 번도 더 오른 데날리 전문 상업 등반대였다. 따뜻한 차를 주면서 앉아 보라고 했다. 향후 일주일간의 기상 상황을 알려주며 너희들이 어떤 대원들로 구성됐는지는 모르지만, 지금 대단히 위험한 일을 하고 있다, 이곳을 여러 번 등정했지만 오르는 중에 다시 내려가서 또 오르는 원정대는 한 번도 본 적이 없다, 무엇보다 왕복해야 하는 시간과 체력이 문제가 되겠지만 대원들의 사기와 곧 닥쳐올 몬순기도 문제라며 한사코 만류했다. 아마 자신들이 아니어도 레인저들이 말릴 거라 했다.

결론적으로 캠프3에 상주하는 레인저는 우리를 말리지 않았다. 그들은 모든 원정대의 진퇴 결정에 관여하지 않는다고 했다. 다만, 사고가 났을 경우 필요한 조처를 하되 비용은 별도로 청구될 거라고 냉정하게 말했다. 일말의 기대를 걸고 미국 원정대의 말과 레인저의 공식 답변을 대장님께 그대로 전해드렸다.

"그럼, 자기들 식량을 주든가. 정 없는 놈들."

다음 날, 새벽같이 일어나 예정대로 '식량 원정대'는 출발, 아니 하산하기 시작했다. 모두가 하산할 필요는 없어서 대장님과 원로 대원들은 남고 나머지 다섯 명의 대원이 하산을 시작했다. 오를 때, 짐승 같은 체력으로 우리가 따라잡았던 모든 원정대들을 내려가며 만났는데 하나 같이 처음 볼 땐 우리의 계획을 놀라워했지만, 지나가고 나면 고개를 흔들었다. 알 수 없는 영어, 일본어, 불어 같은 말들이 들려왔다. 그들을 제치며 오를 때 희열을 느꼈었다. 그들을 다시 만나니 있는 힘도 빠졌지만 빈 배낭을 멨으므로 하산은 어렵지 않았다. 그래도 3일간 오른 거리를 반나절 만에 가야 했으므로 엎어지고 미끄러지고 넘어지며 온몸에 눈이 덕지덕지 묻은 채 철퍼덕, 랜딩 포인트에 다다랐다.

행과 불행이 기다리고 있었다. 다행인 건 마침 기상이 좋아 약속한 시각에 경비행기는 떴고 식량도 잘 도착했다. 불행인 건, 땅에서 위성 전화를 받은 매니저 팀은 우리가 비상 상황에 처했다 생각하고 이 사실을 한인 사회에 알렸다. 앵커리지 곳곳에서 답지한 교민들의 온정어린 밑반찬과 식량을 죄다 실어 보냈던 것이다. 매우 감사한 일이다. 그러나 무게와 사투를 벌여야 하는 우리는 비행기만 하게 쌓인 식량 박스를 보곤 입을 떡하고 벌린 채 닫을 수 없었다. 어쩌겠는가, 나눠 담았다. 한시가 급했던 터라 내려온 길을 서둘러 재촉하여 다시 올랐다.

빈 배낭에 넣은 식량은 자꾸 아래로 축축 처졌다. 내려온 길을 다시 오르는 데 도무지 흥이 나지 않았다. 속도는 느려지고 시간은 흘렀다. 어두워질 것이고 기온은 뚝 떨어질 것이다. 식량이 배낭 가득 있어 하루아침에 죽진 않겠지만, 어깨를 짓누르는, 어림잡아 20일 치는 돼 보이는 식량을 메고 가다 죽을 판이었다. 시간상 저녁이 다 됐지만, 속도 등반을 할 요량으로 침낭이나 텐트는 가져오지 않았으므로 영락없이 데날리 눈밭에 조난될 상황이 됐다. 뜨거운 차를 건네며 얄밉게 말하던 미국 원정대가 옳았다. 매정한 레인저들이 혀를 차고, 조난당한 우리를 구조하며 '내 그럴 줄 알았다'는 핀잔을 당하며 패잔병이 되어 하산한 우리를 상상했다.

그런데 날이 이상했다. 밤 9시가 넘어가는데도 해가 지지 않았다. 백야였다. 우리는 옳다구나, 하며 라면을 꺼내 체력을 보충하고 밤새 걷기로 했다. 새벽 2시경부터는 에베레스트에서도 겪어보지 못한 강한 칼바람과 폭풍을 만나 눈밭에 서서 쉬다가 걷기를 반복했다. 새벽 4시경, 모두들 입술이 부르텄고, 그저 처지는 대원을 말없이 손잡아 주며 묵묵하게 전진했다. 해는 여전히 지지 않고 있었다. 지구는 겪을수록 신기하다.

"욕봤나."

대장님은 저 멀리 캠프2까지 우리를 마중 나왔다. 모든 대원은 밤새 백야의 26시간을 쉬지 않고 걸어 탈진 직전, 아침 7시가 다 되어 캠프3에 도착했다. 데날리 등반 50년사에 유일무이한 '식량 원정대'는 단 한 톨의 쌀도 빠짐없이 짊어지고 제 임무를 완벽하게 수행했다. 캠프3에 남아계셨던 선배님들이 힘껏 안아 주었는데 안기자마자 살았다는 안도와 생고생의 서러움이 북받쳐 눈물을 쏟았다. 그 모습을 본 대장님이 보이지 않는 곳에서 등을 보이며 울었다. 데날리 한가운데, 캠프3에서 모든 대원들이 부둥켜안고 울었다. 먹고 살자고, 식량 부족 때문에 벌어진 희대의 경이적인 등반에 레인저들과 주위의 타 원정대들은 울고 있는 우리를 향해 엄지손가락을 치켜세웠다. 코리안, 독하다 했을 것이다. 밥에 진심이었거나, 등반에 진심이었거나.

데날리, 함께라는 의미가 선명해지는 곳

앞선 주석에 조금 더 살을 붙여 설명하면, 데날리는 알래스카 산군의 중앙에 있다. 주위에 4,000~5,000미터급의 고봉들을 거느리며 솟아 있다. 북극점에서 332킬로미터 떨어진 지점에 위치하여 지구상에서 가장 추운 곳으로 알려져 있고 히말라야나 안데스 지역보다 위도상 35도가 높아 인간의 생리적 반응 또한 중위도에 솟은 히말라야보다 600~900미터 높은 고소반응을 일으킨다. 태평양 연안의 고온다습한 바람이 차가운 대륙성 기후와 만나는 곳이므로 시속 43킬로미터의 강풍이 불며 일주일간 3m 이상의 눈이 쌓이기도 한다.

데날리 정상까지 가는 대표적인 루트는 West Buttress West Rib, Cassin Ridge, Karsten Ridge이다. 이외에도 미등된 많은 루트가 있고 카힐트나 빙하, 멀드로우 빙하, 피터스 빙하 등 많은 빙하지대가 산재해 있다. 랜딩 포인트까지 오가는 경비행기가 있지만, 고도 2,000미터 부근의 랜딩 포인트에서 정상까지 4,000미터가 넘는 고도를 올려야 한다. 히말라야 등반과는 달리 세르파가 없고 고소포터도 없다. 대원들이 모든 역할을 다 해내야 하므로 이 산을 등정하기 위해서는 팀워크가 중요하다. 알래스카 특유의 북극권 기후 조건인 백야 현상과 혹한의 고소순응 등으로 등반의 어려움은 더하다.

우리나라의 고상돈, 일본의 우에무라 나오미 등 각국의 날고 긴다는 등반가들이 모두 이 산에서 유명을 달리하였으므로 '산악 영웅들의 무덤'으로도 불린다.

4   죽지 않는 기술

산악인이 서로 끈끈한 이유 중의 하나는 죽음을 넘나드는 그들만의 생고생 때문이겠다. 산악인뿐만 아니라 거개의 인간사는 어떤 목적과 행위에 목숨 거는 사람들이 생겨남으로써 서사가 생긴다. 정확하게는 죽음의 서사다. 국가는 전쟁터에서 죽은 호국의 젊은 죽음들에 머리 숙임으로써 적통을 자처하는 이념이 생기고, 가족은 돌아가신 선대를 기리는 제사를 통해 가문의 이야기를 만든다. 등산이라는 행위 또한 마찬가지여서 목숨 걸고 산을 오르는 사람이 있었고, 그 과정에서 많은 사람들이 죽었고, 그 죽음을 애도하는 또 다른 사람들이 그들의 길을 따라감으로 등산이라는 행위는 하나의 이상을 가진 이데올로기 또는 철학으로 변모하며 나아간다.

산악인들은 어떤 행사를 하든 예식의 식순에 여느 행사와 구별되는 특이한 절차를 행한다. 먼저 간 악우들을 위한 묵념의 시간이 그것이다. 이 짧은 묵념의 시간이 그들을 하나로 뭉치게 하니 살아있는 이들을 한데 묶는 '객관적 정신'은 바로 죽은 이들이 만드는 것이다. 그러니까 조금 거칠게 재단하면 알피니즘은 역사적으로 남겨진 많은 등반가들의 죽음이, 살아있는 산악인에 삼투압 되어 기꺼이 목숨을 내놓고 함께 오르는 길을 택하는 정신적 이상이다. 그러나 사람들은 혀를 찬다. 쯧쯧.

최고의 등반기술은 살아남는 것

사람들은 등반가를 보고 왜 오르는가를 매번 물으며 혀를 차지만, 조금만 들어가 보면 인간의 사상과 의식들이 대개 이와 같다. 주위를 둘러보면 가치 있다고 여겨지는 대개의 것들은 모두 만들어진 것들이다. 사람들이 쓸데없이 오르는 행위에서 무용성을 보듯, 먹고 사는 문제를 포함하여 인간이 가치 있게 생각하는 거의 모든 것들은 등반 행위와 마찬가지로 죽으면 그뿐인 무용한 것이다.

돈과 부를 가치 있다 여긴다면 지금 상품이 된 인간은 가장 쓸모 있어야 하지만 쓸모로 인해 갈려지고 버려진다. 돈의 관점에서 등반가 정체성은 하등 쓸모없지만, 적어도 등반가는 상품 아닌 인간이 된 사람이므로 번듯하고 자유롭다. 사회적 쓸모로 둘러싸인 반듯하게 전시된 인간과, 오로지 모험으로 미끄러지는 무쓸모의 거친 인간이 같은 사람 안에서 대립한다. 중요한 것은 그러한 불모성이 바로 쓸모를 만드는 데 있으니 등반가들은 세인들이 말하는 가치와 뒤바뀐 자신만의 가치, 말하자면 가치 전도順倒에 성공한 이들이다. 그러므로 사람들이 사소하다 생각하는 것은 등반가에겐 사소하지 않고, 세인들이 실로 중요하다 여기는 것은 등반가에겐 사실 중요하지 않다. 쓸데없이 왜 산엘 가냐는 물음에 묵묵부답으로 뒷머리를 긁적일 수밖에 없는 엉클어진 산발 머리 산악인을 대신한 답이다.

'최고의 등반 기술은 살아남는 것.'

20세기 최고의 등반가 중 한 사람인 라인홀트 메스너(1944~)는 당시 생물학적으로나 의학적으로나 불가능하다고 여겨졌던 무산소 8,000미터 고봉 등반을, 그중에서도 가장 높다는 에베레스트를 인공의 조력 호흡 장비 없이 등정에 나선다. '탐구해야 할 것은 산이 아니고 인간'이라 말하며 무덤과 정상의 차이가 종이 한 장밖에 안 되는 곳에서 자신만의 유토피아를 실험한다. 그는 죽지 않고 살아남아 나머지 8,000미터급의 산들을 모조리 무산소로 등정한다.

'등반에서 중요한 기술은 겁먹는 일과 미친 짓의 경계를 판단하는 일이다.' 말하자면 자신이 당면한 공포를 가장 신중한 태도로 대하는 일이다. 살이 떨리는 공포 앞에서 냉정함을 유지하는 건 여간 힘든 일이 아니다. 한 발 내디디면 죽음이 덮칠지 모르지만, 이때 한발 물러서면 안전으로 쪼그라들어 자신을 용서할 수 없게 된다. 그렇다고 자기를 과대평가하는 등반가는 결코 오래 살지 못한다. 100년간 주저앉아 지내느니 10년간 산을 타다 죽는 게 낫다고 여기지만, 죽은 산악인 서사의 한 대목이 되어선 안 된다. 살아야 한다. 죽지 말고, 다치지 말고 오래도록 산을 사랑하는 일이 산악인의 덕목임을 알아야 한다.

산에서는 일찍 일어나고
일어나면 밥을 짓고
텐트는 신속하게 쳐라
야영지에 도착하면 물을 구하는 일이
가장 중요한 일이다
3대 필수 장비는 학생이 붓을 챙기듯 하고
자일과 카라비너 등의 등반 공용 장비는
너를 살릴 장비들이니
손질과 관리를 네 몸같이 해라
그리고 산에서는 익지로라도 많이 먹어라

그래야, 산에서 죽지 않는다.

산을 모르던 내가 처음 산을 배울 때 선배님께서 가르친 핵심이다. 여기에 산 오르려는 사람들이 죽음을 피하기 위해 해야 할 일에 관한 골수가 모두 담겼다. 처음 산을 오르려는 사람들도 늘 머릿속에 기억해 두면 좋은 금문자다.

산에서 중요한 것은 빠르게 오를 수 있는 짐승 같은 체력이나, 아름다운 등 근육, 알뜰하게 준비한 기능성 의류가 아니라, 자기 전에 내일 아침밥을 미리 준비해놓고 기상시간과 출발시간을 지키는 일이다. 무거운 짐을 메고 멀리, 오래 갈 수 있는 것도 중요하지만 더 중요한 것은 동료를 위해 물을 구해오는 일이다. 무수한 실패와 반복된 가르침으로 나는 산에서 물 나오는 지형을 감각으로 알 수 있는 이른바 '물 냄새'를 맡을 수 있게 됐다. 그것이 산에서 죽지 않는 가장 중요한 능력임을 훗날에 알았다. 식수와 식량의 적정한 분배, 동행하는 대원들의 건강을 매의 눈으로 세심하게 관찰하고 대隊 전체를 매니징할 수 있는 능력, 나아가 힘들 때 서로를 돕는 팀워크와 위험에 처했을 때 악우를 살리는 동료애다.

당시 대장님과 2학년 선배님의 이 단순하고 기본적인 가르침이 히말라야, 북극권에서 맞닥뜨린 무수한 죽음의 고비를 넘기게 했다. 그들은 나를 살린 신과 같은 산악인이다.

우리는 규칙이 너무 많은 사회에 산다. 내가 원하는 것을 원하는 때, 원하는 방식으로 하는 게 불가능에 가까울 정도다. 우리를 죽음으로 내모는 건 산보다 쓸모에 목숨 거는 일상이다. 삶의 압박에 내성이 강한 사람이 아니었으면 한다. 참고 견디며 마침내 해내는 것보다 거부하고 떠나며 끝내 자유로워지는 법을 택했으면 한다.

세상의 승패 공식이 있다. 견뎌서 강해지고 싸워서 이기는 것이 승리의 길이라면 힘들면 그만두고 버거우면 달아나 기꺼이 지는 길을 가는 것도 승리의 길이다. 인내로 참아내고, 피곤을 박카스로 달래며 내 몸을 축내는 일을 중단한다. 먹고 살기 위해 스스로 서서히 죽이는 역설의 진위를 산은 단호하게 가르쳐 주었다.

가끔 산으로 가라. 산이라는 물리적 높이에서 세상을 발 아래로 밟고 웅장하게 보라. 수십 억 년의 시간이 만든 산 위에서 불과 몇십 년의 이기利器가 올려 세운 빌딩과 아파트를 보노라면 인간의 역사가 통째로 훅하고 지나는 허망이 된다. 낮아질 대로 낮아진 나는 저 안에 고스란히 두고, 여기 산에서 높아질 대로 높아진 나로 갈아 끼운다.

물론 다시 내려갈 테다. 그러나 한번 알게 되면 다시 물들지 않는다. 산은 세상에 치인 나를 감싸 안을 뿐만 아니라, 더 이상의 훼손도 끌어안아 막는다. 그렇게 세상으로 돌려보내니 일상에서도 산에서도 죽지 마라. 압도적으로 살아라, 굳세게 버티고 선 산처럼, 온 세상에 뿌리내리되 경조부박하지 않는 산처럼, 압도적으로.

에필로그
- 산과 별의 문법

그날 구름은 표백제로 빤 듯했다. 벚꽃은 막 졌고 어제까지 흐드러지게 내리던 꽃비도 멈췄다. 싱싱한 연두의 잎이 나무를 점령했다. 연두, 그것은 색깔이라기보다는 삶의 국면이나 시간 같은 것이어서 하나의 세계에서 다음 세계로 도약하는 시적 순간의 또 다른 언표 같다. 다른 세계에서 오랜만에 찾아온 사람을 그렇게 반갑다 말하고, 연두의 열렬한 환영에 들떠 나는 기쁜 몸서리를 쳤다.

시골 읍내에 장이 섰다. 버스터미널은 이전했고 그 자리에 새로운 상점들이 들어섰지만, 사람들은 그대로다. 그때도 지금도 장날이면 봄 미나리를 팔고 뻥튀기를 튀기고 산나물을 소쿠리째 내다 판다. 마치 이곳을 떠나올 때 같은 장소에 고정 카메라를 놔두고 온 것처럼, 오랜 세월을 건너 건물이 무수히 무너뜨려지고 세워져도 장날 사람들의 배경은 바뀌지 않는 한 편의 무성영화를 보는 듯하다. 고작 한 시간이면 올 수 있는 길이 이리도 그리울 줄 몰랐다. 이 살가운 풍광을 곁에 두고 왜 데면데면했을까. 산은 멀찍이 서서 나를 노려본다. 왜 이제 왔냐는 듯 섭섭한 마음 감추지 않는다. 밉다는 것일 게다.

산길엔 아무도 없다. 조릿대 숲을 지나면 쏴아, 하는 소리가 난다. 지난가을 떨어진 낙엽이 그대로 말라 있다. 밟을 때 나는 사각사각 소리가 적막을 깨지 않았으면 한다. 산길 곁에 자라 사람 손 많이 간 소나무 등껍질이 반질반질하다. 들벚나무, 사시나무, 향나무, 싸리나무, 사람 많을 땐 적의를 날리며 회초리처럼 휘어지며 걸리던 가지들을 안아주며 걸었다. 고요하던 산길에 뜻밖에 나타난 사람을 보고 이들도 놀라는 것 같다. 우리 언젠가 한 번 본 적 있지 않느냐며 모르는 나무에게 하이 파이브 날리며 걸었다.

북상을 서두르던 봄이 산허리에 멈췄다. 땅에서 다 떨어진 벚꽃은 산허리에 만발하고 진달래는 지척이다. 눈앞에서 봄을 다투는 꽃들을 보았으니 가는 봄이 아쉬웠던 나에겐 횡재가 아닐 수 없다. 진달래와 벚꽃, 산길 옆에 곱게 핀 야생화로 눈이 즐겁다. 곱고 예쁘다. 꽃들이 혹 아름다움으로 서로 다투고 있는 게 아닌가 싶다. 안다, 무릇 꽃들은 아름다움을 다투지 않아서 어떤 꽃이 더 아름답니 못났니, 하는 말들은 죄다 틀린 말이다. 꽃들은 자신들을 곡해하는 사람들을 어리석다 여길 테다. 시나브로 봄은 지나간다.

산굽이를 돌 때 해가 지기 시작했다. 마침 허기도 찾아와 재 너른 마당에 내려서서 밤 지새울 터를 수색했다. 바람 피할 만한 구석에 배낭을 털썩 내려놓는다. 아무도 없다. 바람이 횡 하고 지나간다. 오렌지 빛 석양이 사방을 물들였다. 저 아래에 살며 마음 한구석이 늘 비었었다. 몸서리치는 외로움이 나를 관통했고 이리저리 전전하며 지내온 나를 자책하며 밤새운 적이 며칠이었던가. 오늘, 숲을 헤치며 산길을 올라 산마루턱 벼랑 가에 침낭을 펴고 누우니 지나온 삶이 별처럼 지나간다. 어두운 밤, 별과 나 사이엔 아무것도 없다. 느닷없이 시야가 흐려지며 표정 없이 누운 침낭에 동그르르, 눈물 한 방울이 흘렀다. 어디를 헤매다 이제 오느냐, 산은 나를 끌어안았다.

산과 몸 섞은 뒤 나오는 눈물로 내 삶은 불현듯 환해진다. 삶의 고난을 일시에 끊어내는 이 백광의 환함을 산과 끝없이 교감하고 싶지만, 질척여선 안 된다.

산이 품은 난해함을 분간하는 일은 어렵없다. 본질을 향한 인간의 허영심이 비집고 들어갈 수 없는 곳이 이 세상엔 많다. 쓸리며 닳고, 사위어지고, 무너지는 것들을 쪼개고 분석할 순 없다. 풍화되는 것, 알 길 없는 시간으로 미끄러져 들어가는 것들은 나눠지고 구분되지 않는다. 그저 스스로 일어나고 잦아들었다가 닳고 부딪혀 겹겹이 쌓인 중의적인 소리를 내는 낭랑한 바람 같은 것들이다. 산이 그렇고 사람이 그렇다. 그러니 산 오른다고 말하지만, 어쩌면 우리는 우리 자신을 오른 건지도 모른다.

글 끝에 산에 관한 글을 부끄럼 없이 썼다는 생각이 든다. 억지로 벌려놓은 글자 따위로 산을 해석하고 확인하려는 경박함이 들어서지 않았기를 조용히 바란다. 다만, 나와 별과 산이 일직선이 되던 그날 밤, 산이 안아주던 따뜻함이 뒷배라 여기고 졸필을 세상으로 내보낸다. 언제나 그랬듯 앞서 촐랑대더라도 산이 뒷일을 책임질 거라는 믿음으로.

결론은 산

초판인쇄 2024년 2월 29일
초판발행 2024년 2월 29일

지은이 장재용
발행인 채종준

출판총괄 박능원
책임편집 유나
디자인 김예리
마케팅 조희진
전자책 정담자리
국제업무 채보라

브랜드 라라
주소 경기도 파주시 회동길 230(문발동)
투고문의 ksibook13@kstudy.com

발행처 한국학술정보(주)
출판신고 2003년 9월 25일 제406-2003-000012호
인쇄 북토리

ISBN 979-11-6983-933-4 03810

라라는 건강에 관한 도서를 출간하는 한국학술정보(주)의 출판 브랜드입니다.
라라란 '흥겹고 즐거운 삶을 살다'라는 순우리말로,
건강을 최우선의 가치로 두고 행복한 삶을 살자는 의미를 담고 있습니다.
'건강한 삶'에 대한 이정표를 찾을 수 있도록, 더 유익한 책을 만들고자 합니다.